노래하는 복희

노래하는 복희

김복희 산문집

봄날의책

차례

밤새도록 하여도 듣는 이 없는 질문을 하게 된다면

어려서 한번은 엄마가 그랬다. 너는 탁 건드리면 그냥 질문 수십 개는 하는 것 같다고, 그거 다 물어보면서 엄마를 쫓아다니느라 얼마나 바쁘냐고. 어려서는 내가 궁금한 것에 답해줄 기회를 전부 엄마 한 사람에게 몰아주었기 때문에 더 그랬을 것이다.

물론 엄마는 내가 한 질문에 전부 대답해주지는 않았다. 누구에게 무엇을 물을지도 먼저 생각해야 하는 거라고. 세상에는 쉽게 대답을 얻을 수 없는 질문이 있고, 절대로 얻을 수 없는 대답도 있다는 것을 알려주고 싶었던 거라고 의미 부여를 해본다(사실은 귀찮고 바빠서였을 것이다).

여하간 엄마에게 별걸 다 물어보기도 했지만(엄마, 사람은 왜 똥을 싸야 해. 엄마, 개미는 왜 까매. 엄마, 우리집은 어린이날에 왜 아무 데도 안 가), 답을 이미 정해두고 그 답을 하염없이 듣고 싶어서 계속 질문을 할 때가 훨씬 많았다. 바로 "엄마, 나 죽으면 어떻게 할 거야?"와 "엄마, 나 사랑해?(얼마만큼 사랑해?)"였다. 정말 질리지도 않고 반복했다. 하루에 적어도 한 번, 많으면 네댓 번 엄마를 졸졸 따라다니며 물어봤다. 내 질문이 매번 같았던 것과 마찬가지로 엄마의 대답도 매번 같았다.

"죽으면 땅 파고 묻어야제. 그리고 아이고아이고 울어야제."와 "그럼, 사랑하제. 하늘만큼 땅만큼 사랑하제."라고 엄마는 답해주었다. 답이 정해져 있었기 때문에, 질문 즉시 답이 나와야만 직성이 풀렸다. 엄마가 빨리 대꾸를 해오지 않으면 "응?", "응?", "응?", "엄마, 응?" 하면서 따라다녔으니, 엄마로서는 빨리빨리 대답을 하지 않을 수가 없었을 것이다. 엄마가 그렇게 정해진 답을 하고 나면 나는 "나도 엄마 죽으면 아이고아이고 울 거야."라고 한다거나, "나도 엄마 사랑해. 하늘만큼 땅만큼."이라고 응수했다.

라고만 쓰면 좋았겠지만, 사실은 "엄마 미워."라고 하거나 "나는 엄마 땅 파고 안 묻을 거야."라고 하거나, "그럼 아빠는?", "그럼 동생은?" 등등 나 말고 다른 가족의 죽음에 엄마가 어떻게 반응할 것인가 또 묻고 그 답을 듣고 싶어 했다. 때마다 기분따라 날씨따라 배고픔의 정도에 따라 엄마의 대답의 뉘앙스에 따라 내 기분은 날뛰거나 가라앉거나 했다. "엄마 죽지 마." 하면서 난데없이 화를 낸 적도 있다.

저 질문의 빈도가 줄어든 것은 초등학교 입학하고 나서였다. 학교에 다녀와서 여느 때처럼 저런 질문을 했는데, 엄마가 평소와는 달랐다. 웃지도 않고 설렁설렁 대답하지도 않았다. "자식이 부모 앞에서 먼저 죽는다는 이야기를 하면 안 돼."라고 평소와는 다르게 딱 잘라 말했다. 물론 나는 들은 둥 만 둥 "그래도, 그래도"라고 하며 대답을 보챘고, 여전히 대답은 "죽으면 땅 파고……"였다. 하지만 그 이후로는 질문의 빈도를 줄여가다가, 중학생이 되고부터는 "죽으면"을 운운하는 질문은 안 하게 되었다. 물론 여전히 나는 "나 사랑해?" 묻는다. 가끔은 "나 왜 사랑해?(나 정말 사랑해?)"라고 물어보기도 한다. ("사랑해.", "으이고, 안 사랑해.", "딸이니까 사랑하제." 뭐 이런 말을 주로 대답으로 듣고 있다.)

밤새도록 하여도 듣는 이 없네
듣는 사람 없어도 날이 밝도록•

나는 이 노래에 이어 "개구리 소년, 개구리 소년, 네가 울면 무지개 연못에 비가 온단다"(〈개구리 왕눈이〉)라는 애니메이션 주제가를 늘 섞어 부르곤 했는데, 노래를 부르면서 엄마 말에 무조건 반대로 행동하던 청개구리 소년 이야기도 떠올리곤 했다. 그러니까 〈개구리〉

〈개구리 왕눈이〉 〈청개구리〉 이 세 개구리가 만들어낸 연못가에서 나는 늘 궁금했던 것이다. 어떻게 해서 부모는 자식을 사랑한다고 말해줄 수 있나? 그런 자격을 부모에게 주는 것은 누구지? 내가 더 부모를 사랑하나, 부모가 나를 더 사랑하나. 그런 정도 차를 떠나 결국 부모와 자식 간에 서로를 사랑할 수 있는 일이 과연 언제나 가능한 일인지 궁금했다. 그리고 어떻게 저렇게 반드시 부모가 나를 사랑할 거라는 믿음을 전제한 질문을 던질 수 있었는지, 나의 순진한 믿음에 대해서도 궁금했다.

"나 사랑해?"라는 질문을 통해서 나는 도대체 무얼 확인하고 싶었던 걸까. 엄마가 나를 사랑한다는 사실? 내가 누군가에게 없어선 안 될 존재라는 사실? 그렇다면 왜 나는 이것을 아빠나 동생, 할머니에게는 묻지 않고 엄마에게만 주야장천 물어보았을까.

사실 답을 알고 있다.
나는 내가 엄마를 사랑한다는 것을 끝없이 스스로 확인했고, 엄마에게도 확인시키고 싶었던 것이다.

질문들을 나에게 주었고, 질문과 대답의 시간을 늘 채워준 사람, 내가 가장 많이 사랑한 사람이면서 내가 최초로 사랑한 사람은 엄마다. 엄마를 사랑했던 기억으로 늘 사랑하려고 마음먹는다. 최초로, 최대로. 목청껏. 듣는 사람 없지 않다는 것을 안다.

• 〈개구리〉 (작사 이동찬 / 작곡 홍난파)

바람이 서늘도 하여 뜰 앞에 나섰더니

가끔은 대답할 수 없는 질문을 받고 싶다. 대답하기 싫은 질문 말고.

여타의 어린이들과 마찬가지로 나 또한 입만 열면 "왜?"라고 묻던 시기가 있었다. 그리고 대부분의 어린이들이 그랬듯이 질문을 많이 하면 주의도 받기 쉽다는 것을 체득했다. 그래서 나는 질문을 하지 않게 된 어른은 아니고, 질문을 조금 묵혀두려고 잠깐 입을 벌렸다 입을 다무는 어른이 되었다.
지금의 나는 궁금한 게 생겨도 일단 속으로 묻는다. 즉시 묻지 않고 참는다. 궁금한 게 없는 게 아니라, 궁금한 것 백 가지가 생기면 그중 한 가지를 고르고 고른다. 상대를 바라보고 상대의 상황을 알아보고, 생각을 한 번만 더 하고 마음을 한 번만 더 쓰고 최대한 마감일을 미루듯 시간을 써서, 치밀하지만 치사하지는 않은 단 하나의 질문을 만들어보려고 내 나름대로 궁리를 한다. 질문을 던지기 전에 상당히 꼼꼼히 점검하기에 가끔은 상대방을 다치게 하지 않기 위해 애쓰는 질문을 만드는 것이 목표처럼 여겨질 때도 있다. 그러나 그것만이 전부이거나 목표는 아니다.

질문을 통해서 미움을 받더라도 어쩔 수 없고, 질문을 통해서 상대방에게 상처를 주더라도, 혹은 도리어 내가 상처받더라도 어쩔 수 없는, 그럼에도 불구하고 해야만 하는 질문을 만들려고 한다.

비유적으로 말하자면 하나의 상대에게 평생에 걸쳐 단 한 번만 질문할 수 있다면, 하는 마음으로 질문을 만들고자 한다. 상대방이 반드시 대답을 할 수밖에 없게 만드는 질문을, 피할 수 없는 질문을 하고 싶다. 질문의 내용에서도 그렇지만 질문을 하는 방식 때문에라도 어떻게든 자신이 할 수 있는 만큼의 대답을 내게 하고 싶어지도록, 기꺼이 답하고 싶어지도록 만들고 싶다.
나는 내가 백 가지 질문 중 아흔아홉 가지의 질문을 소거하는 동안에도 여전히 어떤 질문이 남고, 질문들이 섞이고 변해서 남는 상대에게라면, 정말로 융숭하게 질문을 대접하고 싶다. 그 단 하나의 질문을 통해서 영원히 대답할 수 있도록, 영원한 대답의 꿈을 꿀 수 있도록.

바람이 서늘도 하여 뜰 앞에 나섰더니
서산 머리에 하늘은 구름을 벗어나고

산뜻한 초사흘 달이 별 함께 나오더라
달은 넘어가고 별만 서로 반짝인다•

나는 이 노래를 길을 걸으며, 특히 저녁 무렵 혼자 걷게 되면 흥얼거리는데 매번 초사흘 달이 향긋하다니 달 냄새는 어떤 것일까 얼마나 신비로울까, 상상했다. 원 가사는 '산뜻한'이지만 매번 '향긋한'으로 불러와서, 조금 서늘한 정도의 바람이 향긋하다는 건 짧은 밤, 여름 풀 냄새를 안고 다가오는 바람을 표현한 걸까, 추측해보기도 했다.

질문하기 전에 나는 꼭 이런 추측이랄지 하는 과정을 먼저 거친다. 소거하기 위한 질문을 만들기도 가끔 하지만, 추론이라고 하면 추론이고 상상이라고 하면 상상이고 어림짐작, 마구 헤매기, 얼토당토않아 보이지만 최대한 논리적으로 생각해보려고 하기 등등의 아무 특별할 것도 없고 별 예쁘지도 않은 과정 지나가보기를 훨씬 많이 한다. 이런 과정을 지나다보면 최종, 최종, 최종에서야 확신 없고 두려움 가득한 질문이 완성된다. 상대방에게 전부 물어볼 수 없기 때문에 상대방의 입장이 된 것처럼 굴면서 답을 해보지만 사실 알고 보면 오직 나 스스로가 나 혼자서 대답할 수밖에 없는 시간을 보낸다. 그 과정에서 만들어지는 온갖 부스러기와 실패한 요리들은 나를 위해 부엌 선반에 준비된다. 그래서 내 혀 아래 낯선 질문들. 그것은 오직 부엌에서 밥을 먹어야 하는 나를 위한 질문이고, 혼자 먹을 수밖에 없는 성찬이 된다. 가끔 맛이 너무 없거나 너무 많아서 먹다가 먹다가 다 못 먹고 버리는 요리들이기도 하다. 누구에게도 주거나 할 수 없는 요리들이다.

저 별은 뉘 별이며 내 별 또 어느 게요
잠자코 홀로 서서 별을 헤어보노라■

그렇게 부엌에 앉아 있다 초사흘 달이 지고 마침내 희미한 별빛 아래 새벽이 오도록 뜰에 서서 잠 이루지 못하는 사람의 마음을 알고 싶다. 뜰 앞에 나서듯이 희미한 별빛에 대해 생각한다. 나를 위해, 나의 몫으로 마련된 별이 있는지.
내가 누군가를 위해 준비하는 질문이 전부 나를 투사하고 있다는 것을 알기에, 누군가의 전 존재를 실은 질문이 내게도 마련되어 있지 않을까 하는 두려움과 기대감을 안고 생각한다.

모든 질문은 언제나 치명적일 수 있고, 그런 무서움의 가능성이 없는 질문은 있을 수 없다. 아주 소소하게나마 예를 들자면, '오늘 날씨 어때요?'라는 질문이 얼마나 무서운 질문이 될 수 있는지 아시는지. '밥 먹었어?'라는 질문이 세상에서 가장 길고 오래 기억나는 질문으로 남을 수 있다는 걸 짐작할 수 있겠는지.

모든 질문이 치명적일 수 있다는 것은 눈치채지 못하는 사이에 서로에게 깊은 상처를 남길 수도 있기 때문이다. 상처를 치료하는 것, 상처를 낸 것에 대한 용서, 사과 모두 질문 이후의 문제다. 치료가 안 될 수도 있고, 용서받지 못할 수도 있고, 용서할 수 없을 수도 있다. 사과하지 않을 수도 있고, 사과해도 무용할 수 있다. 치료될 수도 있고 용서받을 수도 있고 용서할 수도 있고 사과가 통할 수도 있지만, 그렇지 않을 수도 있다. 누가 알까. 그래서

질문은 결단을 필요로 한다. 자, 결단을 내, 하나의 질문을 만들고, 그것을 던지고, 그 이후에 벌어질 모든 일에 대해 방관하지 마. 이렇게 스스로에게 말한다.

• 〈별〉 (작사 이병기 / 작곡 이수인)
▪ 〈별〉 (작사 이병기 / 작곡 이수인)

내가 숨긴 칼

고향 땅이 여기서 얼마나 되나
푸른 하늘 끝 닿은 저기가 거긴가•

이 구절을 서울 시내를 걸을 때, 아무 데서나는 아니고
이상하게도 꼭 혜화에서 성신여대입구역 방향으로
이어지는 긴 길을 걸을 때, 그중에서도 동성고등학교
지나 성당 근처 가로수 높은 곳을 지날 때 떠올라
입속으로 부르게 된다. 차가 많이 다녀서 내 목소리가
묻힐 것 같을 때나 앞뒤에 사람이 없을 때는 소리를 조금
내어서 불러보기도 한다.
일 년에 네 번 혹은 세 번 나는 완도에 산다. 가는 게
아니고 산다고 썼다. 완도는 내가 오래 유년을 보냈고
아직 이어져 있는 곳이다. '완도대교'가 있으므로 배를
타지 않고 차로 간다. 서울에서 버스로 다섯 시간 거리다.
명절에는 일곱 시간이나 여덟 시간이 걸리기도 한다. 기차
편은 없다. 추워도 눈은 잘 오지 않고 태풍이 오면 뭐든
날아다니고, 여름엔 정수리가 벗겨지게 덥다. 그리고

고요하다. 완도라는 말만 들어도 사람들은 내게 맨발의
물질 경험을 기대하고, 밤배에서 보는 별밤이나 전복과

멸치 등속의 풍요를 묘사해주길 바란다. 굴껍질처럼, 미역 오리처럼 말라가는 천희라는 처녀 이야기■ 같은 걸 듣고 싶어 한다(거긴 통영이잖아, 라고 말해도 통하지 않는다). 하지만 완도의 우리집에서 그럴싸한 바다를 보려면 차로 삼십 분은 가야 한다. 아마도 걸어서 두 시간 정도 걸리지 않을까? 나는 바다 수영을 할 줄 모르고, 수영장 물도 굉장히 무서워하며, 비린 것을 잘 못 먹는다. 늬 집엔 감자 없지, 이러면서 봄감자를 내밀 만큼 농사짓는 집▲도 아니다.

그러면 완도엔 무엇이 있나.

물론, 바다가 있다. 종종 익사자가 나오던 정도리 구계등이 아주 아름답다. 사람이 없을수록 멋진 곳인데, 사람이 있어도 파도에 돌 굴러가는 소리 때문에 사람 목소리가 잘 안 들리는 곳이다. 그래서 내게 바다는 두 손으로 겨우 들 만큼 무거운 돌이 일제히 구르는 소리가 나는 곳이다. 모래보다 돌이 내게는 더 익숙하다. 그 파도에 돌 굴러가는 소리로 시도 한 편 썼다. 그리고 또 무엇이 있나. 사람들이 산다.

사실 완도는 '완도대교'에서 시작되는 게 아니고,

서울에서 출발하는 완도행 고속버스에 올라타는 순간부터 시작된다. 하루에 두 대가 있는 직행버스. 거기 타는 사람들은 관광객이 아니라면, 보통 다 알 만한 사이의 사람들이다. 그리고 완도대교를 건너는 순간, 한 다리 건너면 김 씨네 일가붙이이며 아버지의 지인이 운영하는 상점을 볼 수 있다. 그러니까 완도에 산다는 것은 내가 어디서 무엇을 하든 간에 인사와 소문을 피할 길이 없다는 뜻이기도 하다. 너무 좁다. 그렇다고 산이나 바닷가로 혼자 돌아다니기에는 너무 넓다. 완도의 곳곳은 아주 외진 곳이며, 아주 어둡다. 이 글을 쓰는 지금도 우리집 근처에 깃든 완도의 밤은 발밑이 꺼졌나 싶게 어둡고 혼자서는 절대 슈퍼에 갈 수 없게 무섭다. 24시간 편의점과 아파트가 곳곳에 들어섰음에도 불구하고 완도는 여전히 내게 젊은 여자는 혼자 절대 다녀선 안 되는 곳이고 마당에서 잘 놀고 있던 개가 없어지더라도 혼자 울고 얼굴 붉히지 않고 웃어야 하는 곳, 다 아는 사람 사는 동네라 어려운 곳이다.

아카시아 흰 꽃이 바람에 날리니
고향에도 지금쯤 뻐꾹새 울겠네◆

여기까지 부르면 완도에서는 정작 아카시아 꽃을 본 적도 없고 빼꾹새 울음소리도 들어본 적 없다는 생각이 난다. 그러니까 완도는 내게, 꿈에서도 그리워하는, 그린 듯한 고향은 아니다.

완도에 사는 동안 어린 나는 자고 일어나면 내가 남자아이가 되어 있기를 바랐다. 남자아이가 된다면 무한히 자유로울 수 있을 줄 알았다. 여자라는 것에서, 완도라는 곳에서 탈출하고 싶었다. 탈출이 가능하다고 믿었던 것이다. 그 마음은 내게 작고 빛나는, 손잡이 없는 칼 같았다. 온전치 않아서 내보이기에 어렵고 말없이 가지고 있자니 다칠 것같이 두려운 마음. 그런데 해마다 조금씩 커지는 칼이어서 무시하기 어려웠다. 나는 완도를 떠나면서 그 칼을 부러 빠뜨렸다. 뱃전에 칼 빠뜨린 곳을 표시해둔 아둔한 이처럼, 서울 와서 노래가 튀어나오는 날에는 노래를 다 부르고 마지막으로 내 칼 있는 곳이 완도지 완도야, 라고 속으로 생각했다.
손잡이를 아름답게 만들고 나면 칼을 건져 나만의 칼을 완성해야지 마음먹었다. 나는 이제 완도를 탈출하려는 생각을 하지 않는다. 너무 사로잡히지 않으려는 노력도

하지 않는다. 완도가 나를 휘두른다면 휘두르는 대로 두고 보기로 했다. 나도 호락호락하게 휘둘리지는 않을 것이라는 자신감이 좀 붙은 것 같다. 그런 식으로 손잡이를 손에 붙여보는 중이다.

서울에서 노래를 부르다가 더듬어보는 나의 완도는 칼을 숨겨둔 곳이면서 내가 숨긴 칼 그 자체이기도 하다. 깨끗하고 아름다운 풍광이 분명히 있고 사랑하는 사람들의 무덤도 집도 거기 있지만, '완도' 하면 마음에 칼 뽑힌 자리를 더듬는 것처럼 서늘하다. 희미하게 빛나는 칼을 찾아 허리를 깊이 숙여 물속을 들여다보는 기분이다. 아무리 설명해도 설명할 수 없다는 식으로 회피하려는 건 아니다. 다만, 아직도 계속해서 칼자루를 만들고 있다고, 완도로 내 칼을 보러 가끔 살러 가고 있다고 말해야 정확할 것이다.

• 〈고향땅〉 (작사 윤석중 / 작곡 한용희)

■ 백석 「통영」

▲ 김유정 「동백꽃」

◆ 〈고향땅〉 (작사 윤석중 / 작곡 한용희)

약속을 잃는다

뜸북새는 뜸북뜸북 울고, 뻐꾹새는 뻐꾹뻐꾹 울고,
기러기는 기럭기럭 북에서 오고, 귀뚜라미는 귀뚤귀뚤
슬피 운다고 한다.
우는 소리를 따라 이름을 갖게 되다니.
그러면 사람은 다 '아아'나 '어어'로 불려야 하지 않을까,
가늠해본 적이 있다.
송아지가 송아송아 울지 않아서, 곧 지워버린 터무니없는
소리이지만. 그래도 멀리서 보이는 이를 '어이'라고 외쳐
부를 땐, 우는 소리를, 곡소리를 떠올리고 만다.

우리 오빠 말 타고 서울 가시면
비단 구두 사가지고 오신다더니•

어떤 사람들은 어떤 곤충이 우는 계절이면, 어떤 새가
돌아오는 계절이 오면 반드시 만나자 약속을 해놓고,
약속을 지키지 않는다. 돌아오지 않고, 왜 돌아오지
않는지 말해주지도 않는다.
죽은 사람은 왜 돌아오지 않지?
왜? 도대체 왜?

살아서 해놓은 약속을 죽어서는 지킬 수 없는 것이
당연한 일이다. 안다. 아는데.
갑작스러운 죽음 앞에는 이해가 멈춘다. 왜 오늘
보았는데 내일은 못 보는 거야? 간 사람을 원망하다가
세상을 원망한다.
약속은 남아 있어서, 약속을 지키기로 한 계절이 되면
나는 약속을 앓는다.

좋아하는 사람들에게 꼭 인사말처럼 약속을 구하는데,
그건 '다음에 또 놀자'이다.

또 놀자. 꼭.

• 〈오빠 생각〉 (작사 최순애 / 작곡 박태준)

모두 다 같이 한 살씩 먹자

까치 까치 설날은 어저께고요
우리 우리 설날은 오늘이래요•

서울에서 차로 두 시간 거리에 있는, 한 대학 산하의 어학원에서 외국인 친구들에게 한국어를 가르친 적이 있다. 한국어 문법도 가르치고, 한국의 문화도 가르쳤다. 그날은 한국의 휴일을 설명하기로 한 날이었다. '설날' 차례가 왔다. 윷놀이, 한복, 떡국, 설빔 같은 것을 이야기해주다가 문득 떠올라 덧붙였다.

우리나라 사람들은 아기도 어른도 모두 다 같이 일 년에 한 번씩 나이를 먹어.
나라가 작아서 서로를 다 아는 거야? 그럼 다 같이 축하하는 거야?

서로 다 알 정도로 작지는 않은데.
서로 알지도 못하면서도, 이 나라에서 태어나 이 나라에 산다는 이유로 공평하게 일 년에 한 살을 먹는 거야.

그럼 음력 말고 양력 1월 1일에는 뭘 해?

그때도 새해가 된 것을 축하해.
여기 사람들은 새해가 두 번이야?
두 번이야.
왜?

왜 생일에 나이를 먹지 않고 해가 바뀔 때마다 한 살씩 먹게 됐을까? 한국에서는 생일에도 나이를 먹고, 설날에도 나이를 먹느냐고 내게 묻기에 그런 건 아니라고, 우리는 생일에는 태어난 것을 축하하긴 하지만 나이를 또 먹지는 않는다고 답했다. 그럼 자기들도 한국에 왔으니까, 그렇게 나이를 먹게 되느냐고 물어보았다. 한국 사람이 외국에 나가게 되면 한국식으로는 나이 먹지 않게 되냐고도 물어보았다.

그런가?
누가 나에게 답을 알려줬으면 좋겠다. 아니, 알려주지 않아도 된다. 생각을 해볼 작정이다. 선택을 하든지.

죽은 사람도 까치설날에 나이를 먹어?

몽골에서 온 친구의 질문이다.

나는 그 질문에 그것은 산 사람의 마음이라고 대답했다.

나는 몽골어를 못하고, 그 친구는 한국어를 못해서,

우리가 서로의 말을 옳게 이해했는지 잘 모르겠다.

• 〈설날〉 (작사 윤극영 / 작곡 윤극영)

어디까지 귀여워?

그가 보내준 내 사진을 찬찬히 보았다. 보면 볼수록 사진 속의 내가 조금 귀여워 보였다. 그가 나를 귀여워하는 것 같다는 생각이 들었다. 기분이 나쁘지 않았는데 좋지도 않았다. 뭐라고 해야 하지. 묘했다. 내가 요즘 들어 더더욱 아무도 아무것도 귀여워하지 못하고 있다는 생각이 들어서, 나도 누군가를 이렇게 귀여워하는 시선으로 담고 싶다는 열망이 솟아올라서.
이 낯선 기분 뭘까. 이런 게 사랑일까. 어색했다. 그의 시선에서는 모두가, 모든 것이 이렇게 귀여운 것일까? 나만 이처럼 그에게 귀여워 보이는 것일까? 궁금했다. 그가 찍은 다른 사진들(내가 등장하지 않는)도 보니 대체로, 아 이런 게 귀여움이로구나, 알 것만 같았다. 그러면서도 그에게 '혹시 나 귀엽니?' 이렇게 물어볼 뻔했다. 당연히 귀엽다고 답해주었을 것이다. 그는 다정하므로.

나도 그가 나를 귀여워하듯 그를 귀여워하고 싶었다. 그처럼 다정하게 그와 내가 사는 세상을 귀여워하고 싶었다. 객관적으로 볼 때는 귀여운 구석이 하나도 없는 것이더라도 귀여워할 수 있는 시선을 가지고 싶었다.

정말로 귀여워 견딜 수 없어서, '귀여워,귀여워!' 외치고 싶었다. 나를 귀여워하는 사람에게 그가 본 대로의 귀여운 이가 되어주고도 싶었다.

살아오면서 '귀여워!'라는 말을 쓴 적이 없는 것은 아니었다. 오히려 많았다. 하지만 그간 내가 '귀여워'라는 말을 저질러왔던 때를 돌이켜보면, 나는 나보다 작고 으스러질 것 같은 연한 것, 나보다 서툰 것을 볼 때 거리낌없이 귀엽다고 말했다. 작은 고양이, 작은 개, 작은 크레파스, 작은 지우개 똥, 한국말을 잘하지 못하는 외국인들, 나에게 제 감정을 잘 표현하지 못하는 연인 등등. 좀 더 솔직히 말하면 나는 내게 위해를 가하지 않을 것 같은 대상에게만, 혐오스러움을 느끼지 않는 대상에게만 귀여움을 느꼈다. 텔레비전에 나오는 거대한 불곰, 책에 나오는 외눈박이 거인 등등 거리를 두고 꾸며진 대상을 두고 귀엽다 감탄하기도 했다. 내게서 멀리 있으니까 귀여워할 수 있었다. 그러나 불곰이나 거인이 내 눈앞에 육박한다면? 나는 그들을 귀여워할 수 없으리라.

더 솔직히 말해야겠다.

나는 내가 함부로 휘두를 수 있을 것 같은 대상, 내 기분이 내키는 대로 만나거나 멀어질 수 있을 것 같은 대상에게만 귀여움을 느꼈고, 마음껏 표출했다. 나는 바퀴벌레가 아무리 작고 빛나는 등껍질을 가졌어도 귀엽다는 말을 할 수 없고 모기가 아무리 작고 통통한 배를 가졌어도 '귀여워!'라는 탄성을 지를 수 없는 사람이다. 민달팽이나 지렁이를 귀여워할 수 없으며, 그들의 흔적만 발견해도 나는 아마 뒷걸음질부터 칠 사람이다.

아기 곰은 아이 귀여워,
으쓱으쓱 잘한다•

어린이들의 재롱잔치에 곧잘 등장하는 이 동요가 나는 귀엽다. 나는 어린이들이 이 노래에 맞춰 보여주는 율동이 귀엽다. 〈곰 세 마리〉라는 동요가 가진 차별적 요소에 대해서 모르는 게 아니면서, 이건 동요잖아, 아기 곰은 아이 귀여워, 라는 구절은 너무 귀여워, 라고 중얼거리는 마음의 갈등이 있다.
내게 귀여움이 아니 올 리 없는데, 고조곤히 와서▪ '나 귀엽지. 너무 귀엽지. 나를 귀여워해.' 이렇게 속삭일

것이 뻔한데. 도대체 어떻게 해야 하나. 나는 즉각 내게
달려와버리는 귀여움에 무장해제되고 싶은 마음 반,
그러면 안 될 것 같다는 마음도 반이라서 도무지 어쩌란
말이냐, 이 마음을, 이런 상태다.
만물을 사랑하고 귀여워할 수 없는 사람은, 만물을 전부
사랑하지 않기로, 귀여워하지 않기로 결정해야 하나.
다른 답이 필요하다.

두 마음 사이에서 조금 더 흔들릴 시간이 필요하다.

• 〈곰 세 마리〉 (작사·작곡 미상)
▪ 백석 「나와 나타샤와 흰 당나귀」

언니 오빠 말고, 선생님 말고

이름에 얽힌 이야기, 이름을 지어준 사람에 대한 이야기란 언제 들어도 재미있다. 태몽 이야기와 더불어, 몇 번이고 들어도 질리지 않아 사람들에게 이름의 내력에 대해 청해 듣는 것도 좋아한다. 탐정놀이를 하듯 이름으로 출신지나 출생연도, 가족관계 같은 것을 짐작해보기도 한다. 만약 처음 만나기로 약속한 어떤 이의 이름이 '엘리자베스'라면, 나는 그이를 만나러 가는 길에 나도 모르게 그이가 이민자의 자녀인지, 영국과 관계가 있는지, 집에선 '리지'라고 불리는지, 조모 중에 그런 이름이 있는지, 혹시 부모님이 제인 오스틴의 팬인지 그런 것을 궁금해할 것이다. '예수'라든지 '영광'이라면, 혹시 부모가 기독교도인지 궁금해할 것이고, '끝녀'라면, 위에 언니가 몇인지 궁금해할 것이고.
그리고 어떻게 부를지 잠시 망설인다.

'이름'에 대해, 나는 각별한 감정이 있다. 내 이름 이야기가 아니라, 사람이 갖는 '이름' 자체에 대해서 말하는 것이다. 나는 이름과 이름을 부르는 행위에 신비로운 힘이 있다고 믿는다. 이름을 부를 때마다 어떻게 살라고, 살아달라고, 기도를 보태는 기분이다. 그 기도를 오만 사람들이 서로서로 돌아가며 저도 모르게 한다는 게, 언제 생각해도 이상하고 묘하다.

아무리 생각해도 이상하고 또 이상한 것이다. 내 안에 내가 이렇게 많은데 이름만 하나로 가지면 그것이 다 담긴다니, 그럴 수가 있다니, 이름이란 도대체 얼마나 튼튼한 주머니인가. 사람들이 이름이라는 그 주머니가 튼튼해지도록 서로 영차영차 돕는 느낌이라, 좋기도 하고. 가끔은 두렵기도 하고.

그렇게 하나의 이름으로 불리며 살아온 시간, 그것만으로 나는 한 사람 한 사람이 더없이 특별하게 느껴진다. 나 역시, 안경 쓴 앞줄 여성분에서, '김복희 씨'로 호명되는 순간, 누군가 나를 '복희 씨'나 '복희'라고 부르는 순간, 눈에 보이는 것이라고는 그 무엇도 바뀌지 않는데도 내 이름이 튼튼해지고 있다는 생각이 든다. 가끔 갑갑하기도 하지만, 이 튼튼함이 영 싫지만은 않다.

__야, 할아버지께서 부르셔, 네, 하고 달려가면
너 말고 네 엄마.[•]

그래서 나는 누구든 되도록 이름으로 부르고 싶다.

나를 낳은 이후로 내내 '복희네'라고 불리던 엄마를
'숙인' 이렇게 부르고 싶고, 아빠도 '길호' 이렇게 부르고
싶다. 김혜순 시인도 '혜순' 이렇게 부르고 싶고. (그런데
습관이 무서워…… 결국 '김혜순 선생님'이라고 부르고 숙인과
길호에게도 '엄마', '아빠'라고 부른다.)

'언니, 오빠, 할머니, 할아버지, 어머니, 아버지' 그런 것
말고 이름을 부르면 안 되나? 이런 내 욕망은 최근 몇 년간
새로 만난 이들에게는 이름을 부르고 이름으로 불리는
것으로 발산되는 중이다. 나는 그들을 '화진 씨'라든가,
'유정'이라고 부른다. 오래 알아온 이들 중에서도 몇몇
사람에게는 은근히 '오빠'나 '언니'를 생략한다. 아주 가끔
그들을 이름으로 불러보는데 그들이 이것 봐라, 하면서도
넘어가주는 것 같아 혼자 뿌듯해하고 있다.
사실 오빠나 언니라고 부르는 것 자체를 싫어하는 것은
아니다. 나는 언제나 언니와 오빠가 갖고 싶었으니까.
기대고 싶고 응석 부리고 싶었으니까. 하지만 이름
부르는 게 언니, 오빠라고 부르는 것보다 좋다. 친족 호칭
없이도 자연스럽게 친해질 수 있다면 좋겠다 싶어서 부러
더 고집을 부려보는 것이다. 좀 오래 걸려도 멀어지지

않고 거리를 유지하다가, 천천히 좁혀 앉을 수 있었으면 좋겠다.

해서, 나를 그냥 '복희'라고 불러주기를.
물론 강요할 수는 없으니까, 김복희 선생님, 김복희 시인님, 김복희 작가님, 복희 언니, 복희 누나, 원하는 대로 불러도 좋다. 다 좋다. 그치만 여러 번 우리가 만난다면, 내가 당신께 제일 불리고 싶은 호칭은 그냥 '복희', 혹은 '복희 씨'다.

• 〈내 이름(예솔아!)〉 (작사 김원석 / 작곡 이규대)

이름을 찾으러 왔단다, 왔단다

우리집에 왜 왔니, 왜 왔니, 왜 왔니
꽃 찾으러 왔단다 왔단다 왔단다
무슨 꽃을 찾으러 왔느냐 왔느냐•

사람들이 내 이름을 듣고 가끔 본명이냐고 묻는다. 아마 내 이름이 80-90년대생들에게 흔치 않은 이름이라서 그럴 것이다. 내 이름 '복희'는 내 또래에게는 잘 붙이지 않는 고전적인 이름으로, 나보다 최소 10년 이상 최대 50-60년 이상 차이 나는 연령대 사람들이 주로 주인인 이름이다. 그래서 늘 사람들은 내 이름에 대해 주로 '촌스럽다'는 촌평을 보태었다. 선생님들은 꼭 이름에 무슨 한자를 쓰는지 내게 물어보곤 했는데, "김해 '김(金)'에, 복 '복(福)'자."까지는 고개를 끄덕이면서 별다른 게 없다는 눈치였지만, "계집 '희(姬)'자예요." 하면 나를 다시 쳐다보곤 했다.
내가 속한 김씨 족보에는 각 대에 따라 이름에 공유하는 글자가 있다. 내 대에는 '영'자이다. 나는 남자애가 아니므로 '영'자를 가질 수 없었고, 할아버지가 지어준 이름 '김복희'를 얻게 됐다(그래서 내가 몇 대손이냐, 내 성이 무슨 종파냐 이런 것은 다 잊어버렸다. 어차피 족보에 내 이름은 들어가지도 않는데 뭘, 이런 심보로). 만약 내가 '영'자를 얻을 수 있었다면, '김영희'나 '김복영', '김희영'이 되었을까? 그 이외의 다른 이름에 대한 상상력이 좀처럼 발휘되지 않는다. 그래도 오래 불린 이름이라고 내 이름에 정이라도 들어 그랬는지, 처음 등단하려고 마음먹었을 때 필명이라고 겨우 지어낸 이름이 '김본희'와 '김희'였다. '김복희'로부터 멀리 가지도 못한 데다가 성별에 얽매이지 않는 이름을 짓는 것에도 실패한 듯했다.

'복이 많은 계집이 되거라.' 할아버지가 지으면서 내 이름에 담은 기원은 아마 이런 것이었겠지. 내가 가질 수 있는 것들, 내가 누릴 수 있는 것들이 무엇이든, 당신이 알기에 가장 좋은 것을 모으고 담은 글자 '복'과 '희'로, 당신이 알 수 없는 내일에 당신의 손녀가 행복한 계집으로 살기를 바랐겠지.
대관절 행복한 계집의 삶이란 무엇일까? 애매하고 모호하여 설명하기 어려운 '복'은 그렇다 치고, '계집'이라는 글자를 어떻게 해석하느냐에 따라 이 '행복한 계집'이라는 이름을 가진 나의 인생은 달리 기원받을 예정이었다.

날고 뛰어봤자 여자라는 뜻일까? 여자로서 행복이라는 것을 누리라는 뜻일까? 대관절 그 행복이 뭔데?
오래 써온 이름을 바꾸는 건 왠지 '행복한 여자'라는 애매모호한 상(想)을 구체화하지 못한 비겁함으로 택하는 길 같았다. 싸우기 전에 항복하는 것 같았다. 후회하기 싫었다. 찜찜한 마음으로 시를 발표하고 싶지 않았다.
내 이름에 대해 스스로 납득할 만한 답을 내고 싶었다.
그래서 필명을 짓지도, 개명을 하지도 않기로 했다.

사실 내 이름의 '희'는 이름이라기보다 오랫동안 '여성'을 문서에 남길 때 기능적으로 쓰였던 기호나 다름없다.
김가네 집으로 시집간 여가네 집 여자 '여희'라든가,
오가네 집으로 시집간 문가네 집 여자 '문희'라든가.
평상시 불리던 이름은 있었어도 서류에 남길 이름은 없었던 여자들 말이다.
내 이름을 바꿔볼까 궁리하다가 그 여자들을 떠올리게 된 것이, 내가 이름을 바꾸지 않기로 결정한 가장 큰 이유다.
다른 모든 고유성은 지워진 채 여자라는 성별만을 제 특성으로 받아, '여자로서'의 행복만을 기원받아야 했던 그들이 내 이름에 와서 살고 있는 듯했다.

'희(姬)'나 '녀(女)', '자(子)'를 끝 글자로 갖는 여자들의 이름들을 떠올려보며 나는 내 이름을 앞으로의 내 인생에 들이기로 했다. 내가 특정한 시간과 공간에 영향을 받으며 살아가는 여성이라는 점을 외면하지 않기로 했다. '복(福)'이라는 이 커다랗고 알 수 없는 개념과 '희(姬)'라는 몸을 살아가려고. 내 이름을 누려보려고. 나는 살아서 '김'가도 '복'자도 '희'자도 내가 다시 표현할 것이다.

• 〈우리집에 왜 왔니〉 (작사·작곡 미상)

날 보고 꽃같이 살라 그랬죠

엄마는 나를 '꽃님'이라고 불렀다. 이십대 중반까지도 그렇게 ("김꽃님, 이리 와봐!") 불렀고, 떨어져 살기 시작한 이후에도 가끔 그렇게("우리 꽃님이, 우리 복희, 밥 먹었어?") 부른다. 나를 낳을 당시 이십대 중반에 불과했던 엄마의 눈에 아기였던 내가 꽃같이 예뻐서 그랬다는데, 세상에 이렇게 예쁜 아기가 있나 그런 마음이었다는데, 그래 엄마 생각에 세상에서 가장 예쁜 것으로 제 아기를 불렀다고 한다. (할아버지가 지어주신 내 이름이 마음에 안 들었던 것도 한몫했을 거다.)

그리고 덧붙이기를, 내가 너무나도 성격 있는 아기여서, 매일매일 동네가 떠나가라 우는 아기여서 '꽃님'이라고 부르면 덜 울고 더 순한 아기가 될까 싶어 그렇게 불렀다는 것이다. 이어서 또 덧붙이기를, 아무리 '꽃님'이라고 불러도 너는 꽃처럼 굴지를 않더라, 였다. 엄마, 사람이 어떻게 꽃이 돼. 내가 툭 대꾸하자 엄마는 거 봐라, 하는 듯이 한숨을 쉬었다. 그러나 우리 엄마는 한숨은 쉴지언정 포기는 모르는 사람이라 아직도 내가 '꽃님'처럼 살기를 바라신다. 내가 고생을 모르기를, 온실 속의 사랑이기를 바란다. 온실을 돌보는 사람들에게 고이 사랑받기를 바라는 바람을 담아, 나를 '꽃님'이라고 부른다.

아빠는 꽃 보며 살자 그랬죠
날 보고 꽃같이 살자 그랬죠•

꽃처럼 살 수 있을까.
꽃같이 쓸 수 있을까.

나는 꽃의 아름다움을 생각하면 가슴이 이렇게
미어지는데,
엄마 아빠가 생각하는 꽃과 내가 생각하는 꽃이 아주
같지는 않은가 보다.

꽃처럼 살아, 꽃같이 살자. 권하고 청하면서 나에게
꽃님이라 부르는 이 사람들이 나는 너무 신기하다.
내게 피를 주고 살을 주고 보금자리를 준 사람들인데도
참 알다가도 모를 사람들이라는 생각이 든다. 남에게
져주고 퍼주는 그들의 평소 성정을 미루어볼 때 순하고
고분고분한 자식이 그들 팔자에 없다는 것이 얄궂게도
느껴진다. 나는 초등학교 입학을 하자마자, 같은 반
남자애와 싸움질을 해서 그 애 이마를 깨고(나도 머리가
뜯겼지만, 내가 이겼다), 담임선생님이 이상하고 싫다고

검사받는 일기에 써내던 아이였다(나는 여전히 그가 싫다).
열한 살엔 세상에서 아무도 믿는 사람이 없다고 선언하는
바람에 복도에서 반나절 내내 무릎을 꿇고 벌을 서느라
수업에 들어가지 못했다. 왜 선생님도 믿지 못하냐는
것이, 그 체벌의 이유였다. (아니, 왜 믿어야 하냐고요.
얼토당토 않은 이유로 체벌을 내리는 사람을.)
여러모로 그다지 꽃 같은 애는 아니었다.

세상에, 꽃님이라니.
꽃잠, 꽃길, 꽃동산, 꽃천사, 꽃마음, 꽃밭.
꽃이 좋아 어떤 단어에든, 말이 되건 되지 않건 꽃을
붙이고 싶을 때도 있다. 무엇에건 그 앞에 꽃을 붙이면,
원래의 것보다 그 좋음이 더 진해질 것만 같아서다.
환하고 향기롭고 따뜻한 빛이 꽃 곁에 따라붙기도 한다.
하지만 엄마 아빠, 사람은 꽃이 아니잖아요. 꽃을 사랑할
수만 있지, 꽃이 될 수는 없잖아요.

애들하고 재밌게 뛰어 놀다가 아빠 생각나서 꽃을
봅니다 ■

이게 문제다. 엄마 아빠의 '꽃님'이 되고 싶은 내 일부가 죽지도 않고, 매해 봄이면 싹을 틔우고 꽃을 올린다. 그럴 때면 '꽃님'을 돌봐주고 싶고, 엄마 아빠에게 '꽃님'을 보여주고 그들을 행복하게 해주고도 싶다. 왠지 나도 행복해질 것 같고, 만사가 다 좋을 것 같고. 그런 환상에 사로잡힌다. 내가 사랑하고 나를 사랑하는 그들의 바람을 이뤄주고 싶어진다.

그러나 나는 힘을 낸다. 애써 아무것도 하지 않는다. '꽃님'을 키우지도 않지만 흙발로 밟지도 않는다. 그저 모른 척한다. 그들이 바랐던 삶의 형태를 내가 망칠 것 같다는 예감에 괴롭다. 겸연쩍기도 하다. 이 '꽃님'은 내 체온으로 만지면 화상을 입을 정도로 연약하지만, 엄마 아빠가 사랑을 퍼부어 기른 탓에 그 뿌리가 너무 깊고 강하다. 포기를 모른다.

• 〈꽃밭에서〉 (작사 어효선 / 작곡 권길상)

■ 〈꽃밭에서〉 (작사 어효선 / 작곡 권길상)

부르면, 오는

당신은 누구십니까
나 —— 는
그 이름 아름답구나•

끝없이 부를 수 있는 노래다. 그래서 자주 불렀다. 다른 사람과 이름을 주고받으며 부르는 것도 좋아했지만, 아무도 없을 때 혼자서 크게 소리 높여 부르는 것을 무엇보다 좋아했다. 아직도 좋아한다.
혼자 이 노래를 부를 때는 규칙이 하나 있었다. 이름을 넣는 자리에 그 어떤 이름도 넣지 않는 것이었다. 정확히 언제부터였는지 모르겠지만 아주 오래전부터 나는 이 동요의 이름 자리에 늘 '손님'을 넣어 불렀다. 이런 식이다. "당신은 누구십니까 / 나아는 손님입니다 / 당시인은 누구십니까 / 나아는 손님입니다"를 무한 반복했다. 마무리를 짓고 싶어지면 "그 이름 아름답구나." 하고 끝을 내었다.
이름 없는 존재에게 이름이 아름답다고 말도 안 되는 말을 할 수 있는 점이 재미있었다. 불쑥 내 마음대로 노래를 마칠 수 있는 점도 마음에 들었다. 저 노래를 마치고 나면 조금 나른해졌는데 그 느낌도 나쁘지 않았다. 손님을 맞이하기 위해 문을 열었는데, 아무도 없군, 확인하고는 두려워하거나 외로워하는 게 아니라, 단순하게 아무도 없다는 사실을 확인했으니 열었던 문을 그저 다시 닫는 느낌?

하지만 있다.
내가 노래를 불렀으므로, 손님이 온다.
이름이 불리지 못한 손님은, 있는지 없는지 확인되지 않아서 낯설고 묘연한 존재, 무서운 존재가 된다. 아무도 없는 줄 알고, 열었던 문을 다시 닫았는데, 갑자기 방 안에서 기척이 느껴지는 것이다. 이름이 없어서 내쫓지를 못하는 것이다. 그 기척에 겁이 난다.
이름이 없는 존재는 나만 말하게 하는 존재고, 무어라 불러도 응답하지 않는 존재다. …… 돌연 대답이라도 하면 더 무서울 것도 같다.

그렇게 무서우면 안 부르면 될 텐데
마치 뱀을 겁내면서 뱀에게 느끼는 호기심에 복종하는 것처럼, 노래한다. 당신은 누구시냐고.

이름을 밝히지 않는 손님은 내게 언제나 두려운 존재다. 하지만 내게 무엇에건 무책임해도 되는 듯 있는 자들(그런 게 있다면)에 대해 오래 고민하게 만든 존재라서 고마운 이이기도 하다. 냄새도 형상도 없어서 오히려 더 마음대로 상상해볼 수 있는 것, 그런 것도 '존재'라고 내가 명명한다면, '존재'가 될 수 있을 거라는 오만함도 섞여 있다.

마치 신을 그려내는 기쁨과 두려움처럼, 오만방자하게, 그러나 정중하게, 나는 매번 손님에게 당신은 누구시냐고, 당신의 정체를 밝혀달라고 노래를 빌려 간청한다. 그만둘 수가 없다. 그래도 혼자서 인적 없는 길을 걷거나 할 땐 절대로 부르지 않는 기도다. 대답이 들려올까 봐 사실 무섭다.

• 〈당신은 누구십니까〉 (작사 미상 / 작곡 외국 곡)

죽은 것을 만지는 일은 어렵다

아홉 살, 하굣길 교문 앞에 노랗고 주먹만 한 것들이 상자 안에 모여 소란한 풍경에 마음을 빼앗겼다. 나는 남자에게 내가 모은 돈을 전부 주고, 검은 비닐봉지에 두 마리 병아리를 받아 집으로 돌아왔다. 과자 상자에 그들을 넣고 책상 위에 올려두었다. 하루가 지나지 않아 한 마리가 웅크린 채 움직이지 않았고, 이틀이 지나자 둘 다 구석에 가만히 웅크려 있었다. 과자 상자는 그들로 가득 차 있었지만 아무 소리도 들리지 않았다. 그들이 만든 묵음이 상자 가득 차 있었다. 나는 의자에 앉아 책상 위의 그들이 묵음을 만드는 모습을 지켜보았다. 눈을 돌릴 수 없었다. 웅크렸던 그들이 눈을 천천히 감으며 제 몸을 곧게 펴는 모습을 보아야 했다.

보아서는 안 될 것을 보는 느낌, 큰 잘못을 저지르는 느낌. 그렇지만 그들을 데려온 내가 그들을 보지 않는다면, 누가 그들을 알까. 나 말고는 누구도 그들을 볼 수 없을 것이었다. 내가 돈으로 그들을 사 와서 과자 상자 안에 넣어두었으므로.

조용하고 깨끗했다.

죽어가는 것을 처음 보았다. 온갖 빛을 다 흡수하듯 빛나던 것들이, 죽자마자 빛을 잃었다. 그들 눈에 빛이 사라지는 것을 숨죽여 지켜보았다. 눈꺼풀이 내려가는 것을 보았다. 그들을 살려야 한다는 생각도 하지 못했고, 그들에게 미안하다는 생각도 하지 못했다. 참 조용하다, 너무나도 조용하다, 그런 생각을 했다. 오후 햇빛 가득 가만히 앉아서 지켜본 죽음은 아름답지 않았다. 흉측하지도 않았다. 오직 낯설었다. 비명도 눈물도 없었다.

움직이지 않는 그들에게 손을 댈 엄두가 나지 않았다. 마당의 은행나무 아래 그들을 묻고 싶었지만, 도저히 그들을 만질 수가 없었다. 죽고 난 그들을 바라보는 것도 힘들었다. 나는 그들이 누워 있는 과자 상자의 뚜껑을 봉했다. 그것을 양손에 들고 부두에 갔다. 완충제라 할 것을 채우지 않았기에 내가 움직일 때마다 그들의 몸이 종이 상자에 이리저리 부딪히는 소리가 났다. 아직도 그 소리가 생생하다.

나는 과자 상자를 조심히 바다에 띄웠다. '승리호'라든가 '만선호'라든가 하는 어선들 사이로, 과자 상자가 천천히 떠내려갔다.

이 몸이 새라면, 이 몸이 새라면 날아가리•

병아리는 날지 않는다, 어떤 날개는 하늘에 속하지
않는다. 날개에 대해서 오래도록 생각했다. 죽음과 날개,
죽음과 마음, 날개와 마음에 대해서 시도 쓰고 있다. 아직
완성하지는 못했다. 죽기 전에는 발표하고 싶지만, 할 수
있을지 모르겠다. 어떤 날개는 날기 위해 설계되지 않고,
날았던 기억을 담지도 않는다. 다만 아름답기 위해서,
혹은 오직 존재하기 위해서 존재하기만도 한다.
날아오르는 새를 보면서, 뻣뻣하게 굳어가던 내 첫 새의
날개를 떠올린다. 한 번 죽은 것을 본 사람은 자주 죽은
것을 본다고 하는데, 정말 그런 걸까. 본다. 그 이후로

자주 죽어가는 것들을 본다.
죽은 것을 만질 기회가 없었음 하는데 자꾸 생긴다. 싫다.
만지기 싫다. 피하고 싶다. 그 몸이 새라도 날 수 없다는
사실에 대해, 영영 모르고 싶은데, 만지지도 못하면서
눈을 돌리지 못하는 내가 있다. 그 죽어가는 것도, 나도
날지 못한다. 그것은 죽어가기 때문이고 나는 새가
아니기 때문이다. 내가 그를 만져도 그는 살아나지 못할

것이다. 그 누가 나를 만진다 해도 나는 날아가지 못할 것이다.

• 〈이 몸이 새라면〉 (작사 안병원 / 작곡 외국 곡)

'쎄쎄쎄'라는 놀이. 두 사람이 손을 마주 잡은 채 '쎄쎄쎄'라고 한 후, 동요가 타고 넘는 박자에 맞춰 손뼉을 마주 치다 끝나는 놀이다. 동요가 끝날 때까지 손동작은 반복되므로 그다지 어렵지 않은 놀이다. 그러나 옛 놀이 중 일부가 대개 그렇듯이 몸을 써야 하고, 함께 놀 대상도 필요하다. 여하간 허공에 대고 혼자서 하는 건 재미가 없으므로(재미가 있을 수도 있다는 생각은 최근에서야 하게 됐다) 같이 놀 친구가 없으면 강아지 고양이 앞발을 흔들면서 하거나(나를 견뎌주지 않기 때문에 오래 못한다), 봉제 인형의 두 팔을 흔들며 할 수도 있다(왠지 처량해져서 한 번 하고 나면 하기 싫어진다). 누가 만들었고 언제부터 시작됐고 어떻게 퍼졌는지 모르겠지만, 여하간 나는 이 〈반달〉•이라는 동요를 그 제목보다는 "푸른 하늘 은하수 하얀 쪽배에"▪로 시작하는 동요의 첫 소절로 오래 기억해왔다. 자동적으로 손뼉을 부딪는 그 감각과 함께.

그리고 달.
무엇보다 나는 얼얼한 손바닥을 달고 집에 와서 혼자 달에 대해서 오래 간직할 수 있었다. 달이 빛날 밤하늘의 색에 대해서 오래 그려볼 수 있었다. 돛대도 아니 달고

삿대도 없이 가기도 잘도 가는, 하늘의 흰 쪽배. 그렇게
달이 뜬 하늘은 검지만 푸른빛이 조금 감도는 하늘이다.
달빛으로 푸른 하늘. 낮과는 다른 빛으로 푸른, 밤하늘.

달에 별의별 것이 다 산다는 소문이 돌았다. 그게 다
소문이 아니라 사실이라는 믿음도 있었다. 공간이 있으면
무엇인가 (살고) 있을 거라는 선입견은 예나 지금이나
변함이 없었는지 달에는 선녀도 살고 토끼도 살고
계수나무 한 나무도 살고, 게도 살았다.
달에는 이야기들의 역사가 있다. 입에서 입으로, 기록에서
기록으로, 상상에서 상상으로 아주 멀리 널리 아직까지
떠도는 이야기들. 지구와 가까워서 육안으로 확인할
수 있고, 보름마다 그 모양이 변하므로 어쩐지 미치고
싶은 마음을 담아, 취하고 싶은 마음을 담아 달빛 가득한
밤이면 무슨 일이 일어나도 일어날 것만 같은 그런 마음이
우리 머리맡에 떠올라 우리를 내려다보고 있어서. 그
마음이 우리를 떠밀어 이야기를 만들지 않고는 배길 수
없게 해서.
달을 핑계 삼아 달빛이 환한 밤이면 잘 수 없었을지도
모른다.

인간이 달에 갈 수 있게 된 것은 1969년 7월 20일이다. 미국의 우주비행사 닐 암스트롱이 아폴로11호로 인류 역사상 최초로 달에 착륙했다. 아주 나중에 나는 그것을 알았다. 그리고 나는 곧 인류가 달 착륙에 성공했다는 사실에 슬퍼했다. 나사에서 달에는 그 어떤 생명체도 존재하지 않는다고 발표했기 때문이다.

나는 그걸 믿으면서도 반은 믿지 않았다. 저렇게 아름다운 공간에 아무도 살고 있지 않을 수 있다니.

인간이 생명체로 규정하지 않는 생명체가 달에 살고 있지 않을까.

지구에서 살고 싶어 하지 않았던 이들의 영혼이라도, 달에 모여 있지 않을까. 내가 영혼으로 살 수 있다면 달에 가서 살까 한다. 사실은 오래 혼자 이사를 하듯이 조금씩 생각날 때마다 달에 내 영혼을 옮겨두고 있다.

• 〈반달〉 (작사 윤극영 / 작곡 윤극영)

■ 〈반달〉 (작사 윤극영 / 작곡 윤극영)

단 한 편의 시

모험 이야기, 특히 지구를 떠나 다른 별로 향하는 인간들의 이야기가 좋다. 아무런 제약 없이 우주를 자유롭게 오가는 이야기도 좋아하지만, 제일 좋아하는 것은 아무나 우주에 못 가는 상황에서 최소의 인원이 우주로 떠나는 이야기다. 엄청난 경쟁률을 뚫고 선발되어, 힘든 훈련을 거쳐 우주선에 타는데, 지구로 못 돌아오는 이야기면 더욱 좋다. 사실 내게 우주로 떠날 기회가 주어지기만 한다면, 극도로 힘들다는 체력 훈련이며 각종 공부, 테스트에 누구보다 성실히 임할 자신이 있다. 그 정도로 간절히 우주에 가보고 싶다는 이야기다(뭣 모르고 하는 소리이긴 한데, 진심이다). 다만 한 가지만 욕심을 내자면, 내가 우주에 갈 기회를 얻는 이유가, 그 어떤 다른 이유 없이 그저 시인이라는 이유였으면 한다. 생물학자, 지질학자, 이런저런 어려운 내용을 연구하는 학자들…… 그리고 시인, 요리사, 의사 중 '시인'을 내가 맡는 것이다.

그러나 시인은 우주에 갈 일이 없다. 우주로 떠나는 인간들이 등장하는 많은 작품에서 셸리나 단테, 엘리엇은 곧잘 우주의 무한한 공간을 뒤로한 채 인용된다. 물론 시만. 애석하게도 시인은 지구에서 우주의 무한한 공간을 상상만 할 수 있을 따름이다. 시는 우주에 더없이 어울리지만,

시인은 우주에 어울리지 않는다고들 생각하나 보다.
그러므로 나도 우주 모험에 선발될 일은 없을 것이다.
우주의 어떤 기운이 나를 콕 지목하여 '저이를 지구
밖으로 데려와라. 그러지 않으면 지구가 망한다'라고
한다면 모를까.

그럴 만도 한 게, 사람을 우주로 날려 보내는 데 드는
비용은 매우 많이 든다. 우주에서 최대한 많은 정보를
채집해 투자비용을 상회하는 이득을 내는 게 보통 우주
비행에 투자하는 이들의 목적일 게 자명하다. 그런데
시인을 우주로 보낸다? 도무지 수지가 맞지 않다. '우주
기행 시를 쓰겠습니다'라고 나사 앞에서 오체투지를
한대도 통하지 않을 것이다. 그나마 문학 친화적인
과학자, 철학 친화적인 생태학자, 종교 친화적인
생물학자는 우주선에 탈 수 있는 듯하니 다행이라고 해야
하나. 그들 중 하나라도 시를 읽은 기억을 갖고 있다면, 그
시는 간접적으로나마 우주를 여행하는 시가 될 수 있을
테니까. 내가 우주 비행 관련 프로젝트의 최대 투자자라면
우주선에 시인을 태울 텐데(아니, 내가 타겠지만) 그런
부자가 될 리가 없어서 안타깝다.

우주에서 시인은 무엇을 할 수 있나?
전쟁 통에 시인은 무엇을 할 수 있나?
식량난에 시인은 무엇을 할 수 있나?
전염병 시대에 시인은 무엇을 할 수 있나?
죽음 앞에, 혹은 절망 앞에, 희망 앞에 시인은 무엇을 할 수 있나?
……
시인이 필요한가?

왜 시인이 우주선에 탈 수 없나를 생각하다가, 저기까지 가버렸다.

엄마야 누나야 강변 살자, 뜰에는 반짝이는 금모래빛
뒷문 밖에는 갈잎의 노래, 엄마야 누나야 강변 살자•

나는 이 동요가 '시인이 왜 필요한가'라는 질문에 대한 가장 설득력 높은 답이라고 생각한다. 존재가 당위지, 무슨 증명이 필요하냐고 쏘아붙여 무얼 하겠나. 그저 이 노래나 같이 듣자, 부르자 권하고 싶다.

시가 곧 노래이고, 노래가 곧 시였던 시대를 나는 모른다. 오늘에 와서는 시가 노래일 필요도, 의무도 없다. 필요와 의무에서 벗어나 시인이 죽는대도 시는 남고, 어떤 시는 마침내 노래로 남는다. 그 사실이 내 숨통을 트이게 한다, 내게 말로 다 못할 위안을 준다. 노래가 된 시는 당장은 못하더라도 나중에, 아주 나중에 그 시로 삶을 돌보는 사람을 만들어내기도 한다. 자기가 보고 들은 것을 혼자 아끼지 않고, 다른 사람들에게 선물할 수 있는 존재, 제 가장 귀하게 여기는 것을 두고 가는 이를 세상에 낸다.

살아생전의 나는 아마 지구를 벗어나지 못할 것이다. 그렇지만 내 시가, 노래가 된다면, 그럴 수 있다면, 단 한 편 정도는 지구 밖으로 떠날 수 있지 않을까. 목소리에 실려, 누군가의 기억에 실려서 말이다. 나도 저렇게 좋은 시 하나는 써낼 수 있다면 좋겠다. 노래로 여기저기를 분방하게 떠돌 수 있다면 좋겠다. 입 밖으로 내기에도 가장 부끄럽고 큰 소원이다. 단 한 편의 시.

• 〈엄마야 누나야〉 (작사 김소월 / 작곡 김광수)

마음속에 그려보는 천사 얼굴, 선녀 얼굴

서둘러 나가려고 채비를 하다가 거울로 본 내 얼굴이 어색했다. 초조하고 불안한 마음에 휘둘리며 한 시기를 보내고 나면 얼굴이 좀 변한다. 거울 속의 저것과 시선을 맞춰본다. 내가 알던 얼굴은 분명히 아니다.

혼돈에 구멍 일곱 개를 뚫어 사람의 얼굴과 비슷하게 만들었더니, 혼돈이 죽고 말았다는 이야기가 있다.•
사람들 모두 어느 사이엔가 눈, 코, 입, 귀 없이 그저 덩어리진 얼굴로 지내는 기간이 있지 않나. 입이 없어 말할 수 없고, 귀가 없어 들을 수 없고, 눈이 없어 보이는 것도 없고, 숨은 쉬나 싶게 지내는 기간. 기억이 사라질 정도로, 마음을 놓아버리는 기간.
그러다가 어느 날, 자, 혼돈을 정리할 때가 됐습니다. 인간으로 돌아오세요, 하면서 덩어리였던 얼굴에 누군가가 구멍을 뚫는 것이다. 죽은 듯이 자는 사이 눈, 코, 입, 귀가 새로 만들어지는 바람에 갑자기 다시 인간 노릇을 해야 해서 세상과 엇박을 낸다. 그 과정을 태어나 죽을 때까지 여러 번 거치느라 사람들 모두 아기 때의 얼굴을 잃고 마는 게 아닌가 싶다. 덩어리였을 때의 기억을 인간의 기억으로 덮으면서.

동산 위에 올라서서 푸른 하늘 바라보며,
천사 얼굴 선녀 얼굴 마음속에 그려봅니다■

그리고 나는 덩어리였던 내게 누가 구멍을 뚫었나
궁금해지기도 하는 것이다. 도대체 무엇을 참고해 구멍을
뚫었나 알고 싶기도 하다. 섭섭지 않게 잘 뚫어드리겠소,
이러면서 뚝딱뚝딱 내 가슴을 타고 올라 구멍을 뚫는
천사와 선녀가 있는 듯하다. 가슴이 저려 울다 깨니까,
다시 얼굴이 생겨나는구나. 내일부터 나 다시 인간이구나.
죽음을 다시 겪어야 하는구나. 잠결에 이제는 어렴풋이
알아챈다. 얼굴을 매만져 내놓는 그들에게 험한 일
하느라 고생했습니다, 하고 감사 인사라도 드려야 되나.
다음엔 좀 안 아프게 해달라고 부탁하게.

그들은 내가 지옥의 가장자리에서 보낸 한철▲을
알기라도 한 듯이, 가끔 엄청난 얼굴을 만들어놓는다.
거울 속의 이게 정녕 내 얼굴인가 싶다. 인상이 미묘하게
변한 얼굴에 찬물을 끼얹으며 세수를 하고 꼼꼼히
뜯어보다 보면 또 적응이 되기는 한다. 다행이다.

내 얼굴을 뚫는 그들의 얼굴을 간혹 상상해보는데, 아무래도 그저 흐릿하기만 하다. 둥그스레한 빛, 그저 어슴푸레한 빛뿐이다. 사실 내게 그들은 인간의 형상도 아니다. 천사님, 선녀님은 밤마다 인간의 가슴에 올라타 덩어리를 만지면서 무슨 생각을 할까. 생각은 무슨 생각을 해, 그냥 일이라서 하는 거지, 하려나. 가련한 인간들, 천사나 선녀는 신을 본떴기에 얼굴이 없어 자유로운데 너희들은 참 불편하게 사는구나, 그러려나. 그래도 오래 인간의 얼굴을 매만졌으니, 그들 기준에서 아름다운 인간의 얼굴이란 어떤 것인지, 그게 제일 궁금한데. 인간 얼굴이야 다 똑같은 인간 얼굴이지, 헛소리하고 있구나, 그러려나. 기회가 닿아 "하늘 끝까지 올라, 실바람을 끌어안"◆을 수 있다면, 속삭일 수 있다면 그들에게 물어볼까. 만약 다음 날 얼굴이 변해 있으면 그것을 답이라 믿을 것이다. 얼굴이 마침내 싹 지워진다면 나는 천사나 선녀가 된 것이리라. 죽은 듯 잠든 누군가의 가슴 위에 올라탈 자격을 얻은 것이리라.

• 『장자』「내편 - 응제왕편」
▪ 〈하늘나라 동화〉 (작사 이강산 / 작곡 이강산)
▴ 랭보 「지옥에서 보낸 한철」
◆ 〈하늘나라 동화〉 (작사 이강산 / 작곡 이강산)

생각하라 생각하라 생각하라

얼어붙은 달그림자 물결 위에 차고
한겨울에 거센 파도 모으는 작은 섬•

한밤 고요한 가운데 홀로 불이 들어와 있는 창문은 등대 같다. 거기로 온갖 것들이 다 모여드나 보다. 부자도, 가난뱅이도. 슬픔도, 절망도, 희망도.

성년이 되기 전에 밤은 내게 그저 관념적인 '무엇'이었다. 바깥은 여자애를 위협하는 모든 것으로 가득하다는 충고를 자주 들었다. 나는 여자애이기도 했지만, 밤을 무척 두려워하는 어린애이기도 했다. 그래서 깊은 밤에 방에서 홀로 깨어는 있어도, 깊은 밤에 바깥을 돌아다녀본 적은 별로 없었다. 나는 밤을 제대로 볼 일이 없어, 일단 검은 것을 생각했다. 관념의 틀에서만 가능한, 아주 이상적인 검은색, 추상적인 밤. 거기에는 아무것도 없었다. 사람도, 사람 아닌 것도.
성년이 되고 나서도 나는 밤을 바로 알지는 못했다. 몸은 어른이 됐고, 어른 된 몸으로 살아가려면 무엇이든 혼자 결정해야 한다고 스스로에게 의무를 부여하던 때가 드디어 왔을 때, 나는 처음으로 밤을 '밤'으로 마주했다.

이르든 늦든 모두에게 최초의 밤이 있었을 것이다.
추상적이었던 밤이 구체적으로 무게를 실어 차고 무섭게 자신을 누르던 때가.
나의 경우는 그때가 좀 늦게 왔다. 스물여섯 즈음이었다.
창문도 없고, 주방도 없고, 소위 잠만 자는 집으로 이사를 간 적이 있었다(고시원에서도 살아봤지만, 고시원은 공용 주방이라도 있었는데, 거기는 공용 주방도 없었다).
밤이었다.

밤은 육박해오는 것이었다. 어떻게든 지금 닥쳐오는 느낌을 언어화시켜서 글을 쓴다든가, 창조적으로 굴어보려고, 침착해보려고 했지만, 할 수 없었다. 숨을 쉴 수가 없었다. 그 숨 못 쉬는 감각은 낭만적인 것도 아니었고 아련한 것도 아니었고 신비롭거나 상상력을 자극하는 것도 아니었다. 그때의 밤은 말 그대로 온몸을 짓누르는 느낌 자체였다.
비로소 알았다. 나는 밤에게 사랑받는 사람이 아니었다.

밤은 낮 다음에 자연스럽게 오는 시간이 아니라, 공중에 느껴지는 압력이 다른 장소 자체였다. 검고 육중한 무게가 느껴지는 바다 같았다. 하지만 다른 사람들이라면 잘만 견딜 텐데, 나라고 못 견디겠느냐 싶었다. 내가 밤을 못 견딜 거라는 결론을 내리고 싶지 않았다. 적응하고 싶었다. 바른대로 말하자면, 나는 밤에게 사랑받고 싶었다. 밤을 사랑하고 싶었다. 의지만 있다면 사랑이든 뭐든 가능하다고 믿었다. 믿고 싶었다.

생각하라, 저 등대를 지키는 사람의■

나는 생각을 해야 했는데, 생각을 아주 많이 해야 했는데, 생각하는 것에 실패했다. 등대를 지키는 사람처럼 생각하고 싶었는데 등대를 찾아 헤매는 사람처럼만 생각할 수 있었다. 그때의 나는 내가 내린 결정에 충분히 책임을 질 수 있어야 하는 사람이라고 스스로에 대해 착각했다. 이전까지 나 혼자 내릴 수 없던 주거 결정권을 처음으로 행사했으므로, 그 결정을 번복하기 싫었다. 심지어 그 집에서 돈을 아껴보겠다는 결심마저 했다. 그러나 내가 내린 선택을 물리지 않겠다는 마음을 먹은 바로 그 순간부터, 용달 인부가 돌아가고 혼자 남은 그 순간부터, 그 집에서 도망칠 때까지 밤마다 울었다.

'왜 내가 내린 결정을 받아들일 수가 없는 거지?'부터, '왜 이런 결정을 했지?'라는 질문의 외피를 쓴 자책을 반복하며, 불우를 가장한다는 생각, 청승을 떤다는 생각을 떨칠 수가 없었다. 누구도 나에게 그런 선택을 강요한 적 없었고, 나 스스로 내린 결정이었는데, 왜 나는 울고 있나, 왜 나는 내 선택을, 내게 처음으로 주어진 밤을 사랑하지 못하나. 이런 생각을 하며 베개에 수건을 펼친 다음 얼굴을 묻고 울었다. 옆방에 들리게 할 수 없으니까 내 나름대로 머리를 쓴 것이었다. 옷 박스, 책 박스도 풀지 않았다. 생각을 할 수가 없어서 울었다. 울고 있으면 생각하지 않아도 되었다. 당시엔 내가 생각하면서 울고 있다고 여겼지만, 지금 돌이켜보니 그때 나는 밤에 사정없이 휘둘리는 데 마음껏 내 몸과 마음을 내주고 있었다. 며칠을 울다가 광화문 근방에 살던 친구네 집으로 향했다. 빈 몸으로 간 나를 친구는 두말없이 들여주었다. 크리스마스까지 거의 두 주를 친구 집에서 보냈다. 나는 스스로 생각하던 것보다 더 유약한 사람이었다. 나는 손톱만큼의 불행도, 어둠도 이겨낼 수 없는 사람이었다. 아무리 스스로 내린 결정이라도 그것이 틀린 결정이라면 철회할 줄 알아야 하고 그에 따른 결과도

받아들여야 한다는 것을 사무치게 배웠다(물론 배웠다고 늘 배운 대로 실천하는 것은 아니다). 사실 지금도 그때 그 사흘 밤을 생각하면 숨이 막히고 눈물이 나려 한다. 슬퍼서 눈물이 나는 건지, 서러워서 나는 건지 그때는 몰랐는데 지금도 눈물이 나는 걸 보니, 나 자신에 대한 이해 불가능이 낯설고, 이 밤이 끝나지 않을 거라는 생각, 이 상황이 변하지 않을 거라는 막막함, 탈출할 수 없을 거라는 두려움에 눈물이 났던 것 같다.
그때의 그 경험이 밤을 두렵게 만들었다고 말하기는 어렵겠지만, 밤에 대한 내 두려움을 확고하게 만들었다고는 말할 수 있을 것이다. 하지만 밤이 내게 주었던 두려움과 더불어, 친구의 다정을 잊지 못한다. 정말로 고마웠다. 그 친구처럼 누군가 그런 무서운 밤에서 빠져나오려고 한다면, 내가 켜둔 불을 보고 찾아온다면, 나는 무엇을 할 수 있을까. 여하간 불부터 켜둬야지, 그런 다짐을 하고 있다. 등대는 좁고 사람이 오래 지낼 만한 시설은 아니다. 등대는, 등대가 켜둔 불빛은 육지에 대한 약속으로서 의미가 있다. 나는 이 노래에 나온 등대지기의 사랑의 마음이 아름답고 거룩하다는 말을 의심하지 않는다.

• 〈등대지기〉 (작사 미상 / 작곡 외국 곡)

▪ 〈등대지기〉 (작사 미상 / 작곡 외국 곡)

마지막으로 남은 꼬마 인디언

어떤 사람들의 인상착의를 간직하고 있다. 어디에서도 눈앞에서 마주치는 일 없게, 스치는 일 없이 피하고 싶어서, 행여나 닮은 사람만 봐도 도망치려고 몽타주처럼 품고 다니는 것이다. 그들이 나쁜 사람은 아니었다고, 모두 서툰 사람들이었다고 쓰고 싶지만, 그때 그들은 분명히 나쁜 사람들이었다. 그리고 나는 그들이 자신의 삶을 가꾸는 데는 서툴지 몰라도 타인의 삶을 망가뜨리는 데에는 능숙한 사람들이라고 생각한다. 특히 다방면에서 어리고 약한 미성년자들의 삶을 망가뜨리는 데에 열정마저 가졌던 사람들. 그들을 내내 '선생님'이라고 불렀던 것을 후회한다. 당시 그들 앞에서 나는 잘 웃었고 심부름도 곧잘 했다. 심지어 조금 존경하려고 노력했던 것도 같다. 모멸감이 든다.

그들에게 상처를 받은 만큼 다시 그들에게 상처를 돌려줄 수 있었다면 좋았을까? 당시에는 내가 상처받고 있는 줄 몰랐으므로 나는 그들에게 상처 입힐 마음조차 품지 못했다. 시도하기도 전에 실패한 것이다. 실패하다 못해 나는 그들의 이름조차 잊어버렸다. 내게는 중고등학생 시절의 기억이 거의 없다. 체육복이나 교복 디자인도 잘 기억나지 않는다. 그럼에도 불구하고 나는 자신이

있다. 어디에서든 그들 얼굴을 보게 된다면 멀리서부터
모른 척하리라는 자신. 피할 수 없다면 그들을 경멸하는
표정을 숨기지 않으리라는 자신. 하지만 사실은, 여전히
끔찍하므로 영영 안 보고 살았으면 한다. 그런 표정을
지을 수고도 들이고 싶지 않다. 그들이 나를 보고 먼저
피해주기만을 간절히 바라고 있다.
이런 다짐인지 뭔지 애매한 것을 하고 있노라면
막막해진다. 그저 막막하다. 그들이 꼭 나와 내
친구들에게 했던 것과 같이, 지금도 여전히 자기들보다
훨씬 나이 어린 이들의 인생을 뒤틀리게 만들고 있으면
어떡하나 걱정되면서도, 그들의 이름을 다시 알게
되는 일, 그 얼굴을 코앞에 마주하는 일이 무섭다. 나는
비겁하다.
나의 비겁이 너무나도 한심하게 여겨진다. 모멸감은
오히려 지금 이런 나에게 느껴야 하는 것 아닌가 싶다.
기억을 잃었다면 잃은 상태에 대해서라도 쓸 수 있어야
한다고, 스스로를 질책해보기도 한다. 쓸 수 있을
거라고, 써야만 한다고. 그런데 두렵다. 그들을 지켜주고
싶어서 이러는 게 아니라, 구체적으로 무슨 일이 어떻게
있었는지, 쓰고 싶지만 쓸 수가 없다.

기억을 재구성하는 일이 어렵기도 하지만, 내 것으로만은 온전한 기억이 아니라서 그렇다. 일단 나와 내 친구들로부터 아직 비밀을 털어놓아도 된다는 허락을 받지 못했다. 사실 허락을 구하는 말을 꺼내지도 못했다. 허락을 구할 용기가 나지 않는다. 그것들은 잘못이었습니다. 그것들은 당신들이 우리에게 해서는 안 되는 일이었습니다. 당신들은 범죄자예요. 이것만이라도 제대로 말하고 싶은데 어렵고 힘들다.

우리를 보호해야 했지만 그러지 않았던 이들을 용서할 수 없다는 감정이 미친 불처럼 치솟는다. 애써 돌이켜 떠올려보는 것 중에도 이것은 추억이 아니라는 사실만 선명하여 실소가 터진다. 우리는 우리가 연약했다는 것을 다 비밀로 했다. 다 크지도 못했으면서 크느라고 큰 척했다.

어쩌면 허락을 구할 용기를 너무 느리게 내서, 그들이 죽고 나서, 내 친구들도 죽고 나서, 나만 남았을 때에 이르러 겨우 쓸 수 있을지도 모른다. 느리게라도 용기를 내면 다행이다. 다른 사람들이 쓴 것을 읽으면서 용기를 구하고 있다. 그것들에 대해 쓰기 전까지는 죽을 수 없다는 생각을 한다. 써서 상처가 아물 거라는 생각은

하지 않는다. 그들을 용서할 일도 없을 것이다. 용서는 내가 하는 것이 아니고, 그들 스스로가 그들 자신에게 할 수 있는 것도 아니다. 아마 신도 그들을 용서하지 않을 것이다. 그들을 내내 생각하며 살지는 않고 많이 웃고 잘 자지만, 언제고 지니고 다니는 사람의 얼굴들 틈에 그들이 있다는 것이 슬프다.

한 꼬마 두 꼬마 세 꼬마 인디언
네 꼬마 다섯 꼬마 여섯 꼬마 인디언
일곱 꼬마 여덟 꼬마 아홉 꼬마 인디언
열 꼬마 인디언

열 꼬마 아홉 꼬마 여덟 꼬마 인디언
일곱 꼬마 여섯 꼬마 다섯 꼬마 인디언
넷 꼬마 셋 꼬마 두 꼬마 인디언
한 꼬마 인디언•

이게 지금 내 최대한의 용기로 쓸 수 있는 전부다. 해소도 바라지 않고 용서도 하지 않겠다면서. 두렵다면서. 심지어 기억도 온전하지 않으면서. 지금 쓰지 못하는 것에 대해, 이렇게 앞으로 쓰고 싶다고 공언하는 아둔한 짓을 하고 있는 것은, 한 꼬마 인디언이 되어, 한 꼬마 인디언이 여기 있다고 노래하고 싶어서다. 순서대로 숫자가 늘어나고, 숫자가 줄어들고 그것이 열 손가락 안에서 일어나고 있다는 사실. 그것을 일단 쓰겠다고, 내가 쓸 거라고 여기 적어두고 약속하려고 이러는 것이다. 빌어서 먹은 용기들을, 나도 누군가에게 나누고 싶어서 기약을 해두는 것이다.

• 〈열 꼬마 인디언〉 (작사 미상 / 작곡 외국 곡)

완벽과 완성과 용기와 나

베 짜는 학 이야기가 있다. 전래동화다. 어떤 나무꾼이 곤경에 처한 학을 구해준다. 며칠이 지나 눈보라 치는 어느 날 밤, 아름다운 처녀가 찾아와 재워달라고 한다. 나무꾼은 그 처녀에게 의지할 곳이 없다면 자신과 결혼해달라고 하고(전승에 따라서는, 홀어머니가 함께 살기도 하며, 그 홀어머니가 처녀에게 자신의 아들과 결혼해달라고 말하기도 한다) 처녀의 승낙으로 둘은 부부가 된다. 그런데 자기를 맞이한 집안의 살림이 어려워도 너무 어렵다는 것을 알게 된 처녀는 나무꾼에게 자신이 베를 짤 테니 마을에 내려가 팔라고 제안을 한다. 그이는 나무꾼에게 자신이 베를 짜는 한밤 동안 절대 방 안을 들여다보지 말라고 신신당부한다. 밤새 장지문 건너로 베 짜는 소리가 들리고 다음 날 놀라울 만치 완벽한 베 한 필이 마련된다.

보일 듯이 보일 듯이 보이지 않는
따옥 따옥 따옥 소리 처량한 소리•

학과 따오기는 다른 새인데, 나는 이 동요를 떠올릴 때면 어김없이 흠 없이 흰 베 한 필과 흰 눈과 흰 학이 떠오른다.

매일매일 자신의 깃털을 뽑아 밤새 베를 짜던 학의 사정은 마침내 나무꾼의 호기심으로 인해 들키고 만다. 결국 그이는 여자의 모습을 버리고 다시 학이 되어 나무꾼을 떠난다. 영영 이별이다. 둘은 다시 만나지 못한다.
혼자 사는 남성에게 묘령의 아름다운 여성이 나타나 집안일도 해주고 아내도 되어준다는 이야기를 좋아하는 건 아니다(비슷한 구조로 따지자면, '설녀 이야기'도 있고 '우렁각시 이야기'도 있으니까).
나는 남편이 들어오지 못하게 방문을 꽉 닫고 혼자 베를 짜는 이 학 이야기가 무척 좋았다. 저 동요와 어울려서 좋아했고, 자신의 목숨을 구해준 이에게 은혜를 갚으려는 그의 마음도 아름다워 좋아했다. 학이 처녀가 된다는 변신의 모티프도 좋아했다. 그러나 그 무엇보다도 학의 결벽 같은 '방문 닫고 베 짜기'가 좋았다.
나는 학이 자기 스스로의 만족을 위해 베를 짠 것은 아닐까 미루어 상상했다. 여자의 몸으로는 베를 짤 수 없다는 것이 무엇보다 내 마음을 이끌었다. 학이 되어야만 베를 짤 수 있다니. 그것을 나무꾼에게 보일 수 없다니. 나는 나무꾼과 창작의 비밀을 공유할 수 없는 학을 예술가라고 생각했다. 이 '은혜 갚은 학' 이야기는

〈따오기〉와 섞여 내 머릿속에 아주 오랫동안 남았다. "보일 듯이 보일 듯이 보이지 않는, 잡힐 듯이 잡힐 듯이 잡히지 않는"이라는 노래 가사가 소리만 들리는 새의 자취를 묘사하는 것이고, 결국 이 노래가 따오기처럼 떠나가 돌아오지 않는 이에 대한 그리움을 묘사한 것임을 안다. 그런데도 나는 이 구절들을, 하나의 베를 짜기 위해 얼마나 많은 씨실과 날실을 겨누어보는지 모르는 괴로움에 대한 묘사, 얼마나 많은 깃털을 낭비해야 하는지 알 수 없는 지난한 과정에 대한 묘사라고 이해한다. 작품이 완성될 것을 확신하지 못하지만, 어쨌든 만들기를 그치지 않는 자의 외로움을 덧씌워 듣고 불렀다.

나는 작품이 완성되기 전에, 완성을 향해가는 과정을 노출시키는 것은 흉하다는 생각을 오래 해왔다. 학처럼 맡은 바 책임에 성실히 임하되, 방문을 꽉 닫고 남들이 피맺힌 몸은 알지 못하게 해야 한다고 스스로에게 당부했다. 첫 번째 시집을 출간할 때까지는 그런 태도를 완고하게 지켰다. 그런데 첫 시집을 출간한 후 독자들을 만나면서 그런 생각이 점점 옅어졌다. 두 번째 시집을 준비하면서부터는, 무엇을 만들고 있든 그것에 관해 의도치 않게 들키는 것은 어쩔 수 없다는 생각을 하게 되었다.
나는 조금 변했다.
만약 내가 무엇을 만드는 와중에 타인의 도움을 받아 더 나은 것을 만들 가능성이 있다면 언제든 내 미완성 상태를 노출할 수 있어야 할 것이라고, 창작 과정에 대한 내 태도를 바꾸려고 이런저런 시도를 조금씩 해보는 중이다. 이런 내가 낯설고 그 중간중간 점검해보는 결과물들이 맘에 들지 않지만 받아들이고 있다. 여하간 나는 여자의 몸으로, 인간의 몸으로 작품을 만들어야 하니까.

더 나은 것을 만들고 싶다. 매번 그렇다.
이런 마음을 품는 한, 무엇을 만든다 하더라도 나는 절대 만족하지 못할 것이다. 하지만 내가 앞으로 만들 것이 어떤 것이든 간에, 계속 할 수 있으면 됐다. 좋은 것을 만들어낼 것이라는 전망이 보이지 않더라도, 하기만 하면 일단 됐다. 버릇을 버리지 못해 방에 틀어박힌 채 작품이 완성될 때까지 나오질 않을 수도 있겠지. 그런 수고에도 불구하고 아주 하찮은 것을 만들 수도 있고. 그래도 나는 만들고 싶다. 용기가 필요하다. 와중에 도움이 필요하다면, 도중에 방문을 박차고 나와 도와달라고 말할 용기도.

• 〈따오기〉 (작사 한정동 / 작곡 윤극영)

아무렇게나 날아든 생각들

가까이 있다가 아주 손댈 수 없게 나로부터 멀어지는 것들, 나를 놀리듯, 나를 안타깝게 하듯 내 정수리보다 높이 있는 것들에 대해서 나는 각별한 마음을 갖고 있다. 그중에서도 날아다니는 것들, 날아가버리는 것들, 날아든 것들에 대해서 나는 종종 생각하고 생각한다.

생각한다는 말을 생각한다. 어떤 한 가지 주제에 대해서 촘촘히 파고드는 것을 아마 '생각한다'라고 쓸 텐데, 나는 좀처럼 생각을 그런 식으로 하지를 못한다. 나는 중구난방으로 날아드는 것들을 마구 날아들게 놓아두는 편이다. 세상에는 하나의 가지에 하나의 새만 앉히는 생각 방법도 있겠지만, 그런 아름다운 자리를 공들여 닦고 세우는 방법도 있겠지만, 새들이 물고 오는 오만 것을 내버려두고 아 좀 지저분하긴 한데 어쩌겠어, 혼잣말을 하며 새들이 그 위에 싼 똥도 치워야 하는 그런 생각 방법도 있는 것이다. 그러다가 아휴 저 새 놈들 더러워, 다 가버려, 그러고는 두 팔을 휘둘러 새들을 쫓아버리고 새들이 물고 온 것들을 치우다가 이것 좀 귀찮은데, 그러면서 치우던 것을 그만두고 또 중구난방으로 날아드는 새들을 멍하니 할 일 없는 사람처럼 구경한다.

나뭇가지에 새처럼 날아든 솜사탕
하얀 눈처럼 희고도 깨끗한 솜사탕•

그리고 세상천지 날아다니는 것들 중에는 새만 있는 게 아니라, 솜사탕이 있다. 설탕 알갱이가 빠르게 회전하는 것만으로도 솜이 된다니! 이게 너무나도 신기했기 때문에 나는 솜사탕을 만드는 어른이 나무젓가락을 꽂아 흰 구름을, 분홍색 구름을, 하늘색 구름을 걷어 올리는 모습 구경하는 것이 정말 좋았다. 원리를 안다고 해서 신기함이 사라지는 것은 아니다. 노을이 왜 지는지, 어떻게 지는지 이제 배워서 알지만, 여전히 노을 앞에서 매번 멈춰서는 것과 마찬가지다. 비유가 좀 잘못되었나? 노을처럼 솜사탕이 장엄하거나 가슴이 죄어드는 것 같은 기분을 주는 것은 아니지만, 그런 식으로 압도당하는 느낌을 주는 것은 아니지만, 지금도 나는 솜사탕이 태어나는 모습을 보기 좋아한다.

좋아하는 것에 대해서 왜 좋아하게 되었는지에

대해서는 궁리하지 않는다. 이상하게도 당연한 것처럼
항상 그랬다. 그저 어떻게 좋아하고 있는지, 지금
내가 좋아하고 있는 것의 상태는 어떤지, 그런 것을
생각하느라 시간을 쓰고 나면 왜 좋아하게 되었던 건지에
대해서 생각할 여력이 없어져버리는 것인지도 모른다.
좋아하고 있으면 과도하게 힘을 쓰는 것도 아니지만,
힘을 남기지도 않는다. 사실, 힘에 대해서는 생각을 하지
않는 편에 가깝다.

그러다가 문득 '아, 힘내야겠어.'라는 생각을 하게 된다.
좋아하는 것을 보다가 힘을 내려고 하면 이상하게
힘이 난다. 도대체 어디서 그런 힘이 나오는가 싶은
아주 하찮은 힘이 난다. 눈을 깜빡이는 정도라든지,
오른쪽으로 누워 있던 몸을 왼쪽으로 돌린다든지, 그런
것 말이다. 좋아하는 것을 계속 좋아하는 데 왜 힘이
필요할까? 이것을 스스로 납득하는 데 삼백 년은 걸린 것
같은 기분이다. 그리고 좋아하는 것을 좋아했던 것이라고
말할 때 왜 수치스러울까? 이것을 스스로에게 설명하는
데 앞으로 오백 년이 걸릴 예정이다. 나는 한 천 년은
살아야 할 것 같다. 여하간 이런 좋아함에 대해 이 글을

쓰는 지금 나는 웃을 수가 없고, 웃고 싶지가 않다. 이럴 때 웃을 필요가 없다는 것도 안다. 대개는 웃음이 안 나고 말도 하기 싫기 때문에 이럴 때 나는 사람을 안 만나려고 한다. 좋아하든 안 하든 그런 것과 별개로, 사람 앞에서 웃지도 않고 말도 않고 기척도 없이 있어도 되는 것은 사람 아닌 것뿐이다. 예를 들자면 기계.
당연한 말로, 나는 기계가 아니고.
스스로 솜사탕을 만들지 못한다.

그럴 때 내 앞에 있는 사람이 내 머릿속에 젓가락을 꽂은 다음 설탕 실을 잘 말아서 솜사탕을 만들어 호호 불어 준다면 얼마나 좋겠는가, 그런 생각을 한다. 웃지는 않아도 말은 못해도 솜사탕을 만들어주는 정도 힘은 내고 싶은 것이다. 너무 달아요, 나는 솜사탕을 안 좋아해요, 그런 말을 들을 수도 있으니까, 사실은, 제가 솜사탕을 만들어도 될까요? 정중하게 청하는 사람에게만 정수리를 내주고 싶다. 웃음이 안 나는데 어거지로 웃는 것과, 웃음이 나면 참지 말고 웃어버리는 것은 상당히 다른 일이다. 둘 다 힘이 필요하고, 가끔은 노력마저 필요한 일인데, 전자는 웃고 나면 반드시 우울감과 분노가 찾아오지만, 후자는 후련함이 찾아온다. 그래서 웃기면 반드시 웃어버리자 이렇게 마음먹은 지 오래다. 그리고 정수리에 젓가락을 꽂아 설탕 실을 뽑는 것을 보면 반드시 웃길 것 같기 때문에 조금 기대하고 있다.

나뭇가지에 날아든 것이 새이냐, 실이냐에 대해 의견이 분분하다. 새든 실이든 상관없지 않나? 새와 실이 다른가?

• 〈솜사탕〉 (작사 정근 / 작곡 이수인)

아는 맛

옥수수는 무서운 채소다. 비건을 지향하기 전에도 나는 옥수수를 좋아했고 지금도 삶은 옥수수라면 앉은 자리에서 한 소쿠리도 먹을 수 있다. 일주일 내내 삶은 옥수수만 먹으래도 먹을 수 있을 것이다. 하지만 옥수수라면 덮어놓고 무조건 좋아하는 것은 아니다. 소금이나 사카린을 넣고 삶은 옥수수만 좋아한다. 길거리에 파는 그 어떤 음식에도 눈길 줄 일이 별로 없는데, 삶은 옥수수를 파는 트럭은 예외다. 사야 한다. 먹어야 한다. 그 기분 좋은 단맛의 삶은 옥수수를 좋아해서이기도 하지만, 여름과 동생에 대한 어린이 시절의 기억 때문일 것이다.

엄마는 옥수수를 해거름 무렵에 자주 삶아주었다. 낮에는 더우니 낮잠을 자고, 더위가 가실 무렵 눈을 뜨면, 엄마는 내게 옥수수를 삶을 테니 사카린을 사오도록 심부름을 보내곤 했다. 집에서 오 분 거리의 슈퍼에 뛰어갔다 오면, 찬물에 옥수수가 말갛게 씻기는 중이었다. 나는 엄마가 부엌에서 옥수수를 들고 나오도록 전등을 켜지 않았다. 노을을 바라보며 옥수수가 다 익기를 기다리던 그 옛집의 마루. 들통 밑바닥부터 노란 찰옥수수가 차곡차곡 쌓인 채 익기 시작할 때 마당까지 퍼지던 열기. 그것은 여름에 땅에서 올라오던 열기와는 또 다른 열기였다. 매운 모기향을 멀찌감치 밀어놓고 동생과 함께 엄마가 내준 뜨거운 옥수수를 먹던 기억을 무엇과 바꿀 수 있을까.

우리 아기 불고 노는 하모니카는
옥수수를 가지고서 만들었어요•

이 노래를 부르며, 동생과 옥수수 속대까지 빨아먹곤 했다. 동생과 다 먹은 속대를 뚝뚝 분질러 마당에 누가 더 멀리 던지나 내기를 하는 통에, 나란히 벌을 서기도 했다. 속대에 개미나 벌레가 꼬이면 그것들을 가지고 장난을 칠 수 있어서, 혼나면서도 그 놀이를 포기하지 못했다. 여름에는 겨울보다 흙에서 나는 것들, 꼬물거리는 것들, 그 작은 것들을 만나기 쉬웠다. 그들은 내 몸이 얼마나 크고 내 힘이 얼마나 센지 실감하도록 해주는 친구들이었다. 그 연하고 민감한 것들을 굴리고 만지다가 참 많이도 죽였다. 그중 흙에서 난 것은 아니지만 나의 사랑(과 장난)을 가장 많이 받았던 것은 내 작았던 친구, 내 동생이었다.

동생은 어렸던 내가 처음 갖게 된 가장 신기하고 커다란 인형이었다. 엄마 등에서 내려올 줄 모르고 새벽이 되도록 잠도 잘 자지 않고 시시때때로 울음을 터뜨리던 나와는 달리, 동생은 엄마 등에서도 잘 내려왔고 아무 때나 울지도 않았다. 내가 이리저리 누르고 만져도 별로 싫어하는 내색을 보이지 않았다. 내가 꼬집거나 실수인 척 손을 밟아야 우는 아기였다. 동생이 기지도 못하던 아기였던 때, 유치원생이었던 나는 동생을 데리고 인형놀이를 무척 많이 했다. 엄마가 안 볼 때 팔다리를 주물러보거나 동생 몸 위에 이런 저런 물건들을 늘어놓고 걸리버 놀이를 하거나 그랬다. 한번은 동생을 목욕시킨답시고 고무 대야에 찬물을 받아, 동생을 거기 담그고, 세제를 풀고…… 사달을 낼 뻔했던 적도 있다.

동생과 나는 네 살 터울이 진다. 내가 서울로 온 이래로는 동생과 얼굴을 자주 보지 못했다. 그 핑계로 동생을 볼 때마다 꼭 소소하게나마 장난을 쳐왔는데, 요즘 장난을 못 쳐 근질근질하다. 감염병에 주의하느라 서로 얼굴을 못 본 지 꽤 되어서다. 화상통화를 할 정도로 친한 사이는 아니라서, 느긋하게 얼굴 볼 날을 기다리고 있다. 장난은 얼굴 보고 하는 게 제맛이기도 하고.
뭐가 됐든 뻔하고 알 만한 장난, 동생이 다치지 않을 만한 장난을 칠 예정이다. 원래 아는 맛이 제일 맛있는 거니까 분명 아는 장난도 재미있을 것이다.

• 〈옥수수 하모니카〉 (작사 윤석중 / 작곡 홍난파)

백 원이나 이백 원 정도

나는 친한 친구들에게 노래로 말하는 것을 좋아한다. 내가 치는 장난 중 하나다. 동요로 말할 때도 있고 가요로 말할 때도 있다. 아무 맥락 없이 침묵을 깨려고 부를 때도 있고 '이 맥락엔 이 노래지!' 떠올리면서 부를 때도 있다. 노래를 하면 즐겁고, 즐거우면 웃음이 나고, 웃고 나면 기분이 한결 나아진다. 친구만 웃게 해주고 싶어서 부르는 것은 아니고 나도 웃자고 부른다. 이렇게 하찮은 거리로 웃었던 기억은, 울고 났을 때 쓸 수 있도록 모아두는 백 원, 이백 원 같은 거다. 초콜릿이나 사탕을 사 먹으며 빈둥거릴 때 쓰려고 소소하게 동전을 짤랑거리며 모아두는 셈이다.
그중 이 동요가 친구를 향해 제일 자주 나오는 노래다.

숲속 작은 집 창가에 작은 아이가 서 있다. 토끼 한 마리가 뛰어와 문을 두드리며 애원한다. 살려달라고, 제발 살려달라고, 자신을 살려주지 않으면 포수가 자신을 빵 쏘아 죽일 거라고. 그러면 작은 아이가 대답한다.
"작은 토끼야, 들어와 편히 쉬어라."•라고. 한 번으로는 부족했는지 두 번 노래한다. 안심하라는 듯이, 여기는 괜찮다는 듯이.

뮤지컬 세계에 사는 게 아니므로, 때를 잘 살펴 부르는 게 중요하다. 화를 돋우려고 부를 게 아니라면 말이다(나는 장난이라고 했는데, 상대방이 화를 낸다면, 무조건 사과하고 반성해야 옳다). 나는 보통, 친구가 아무런 위로도 필요 없는 상황일 때, 혹은 우리 모두 한숨 울고 나서 얼굴을 씻을 만해졌을 때 '작은 아이'의 입을 빌린다. 그이의 키가 180이든 150이든 덩치가 크든 작든 상관없이 "작은 oo아, 들어와 편히 쉬어라."라고 노래한다.
장소는 아무 데나 상관없다. 좀 뻔뻔해져야 한다.
엘리베이터, 아파트 복도, 가로수 아래, 매표소 앞의 차례 줄 가운데 등등.
그이가 내가 노래를 한다는 사실에 헛웃음이라도 짓게 하는 것. 한 글자 한 글자 또박또박 잘 들리도록 부를수록 친구가 부끄러워하는 게 좋다. 부르는 건 나지만 부끄러워하는 건 친구의 몫이다. 어이가 없어 웃음이 난다. 이렇게 동전 지갑을 털어 아무 때나 쉴 수 있게 하는 것이, 내가 적재적소에 하지 못하는 위로를, 이르거나 뒤미쳐 하는 방법이다.

친구를 살리고 싶고, 안아주고 싶은데, 나는 나 혼자만도 너무 많은 것처럼,■ 나를 위로하고 나를 미워하고 내 몸으로 바깥을 보느라 토끼에게, 내 친구들에게 너무 늦게 갈 때가 많다. 어떤 때는 살려달라고 외치는 소리를 들어놓고도 문까지 가는 데 천년을 쓰고 만년을 쓰는 사람 같다. 만 원, 이만 원이 턱턱 필요한데, 백 원, 이백 원 정도만 모으는 내 하찮음이 미안하다. 그래도, 기다려줘. 내가 간다.

• 〈숲속 작은 집〉 (작사·작곡 미상)
■ 백석 「남신의주 유동 박시봉방」

한 사람만을 위해 태어난 사랑

영화 〈리칭 포 더 문(Reaching for the moon)〉(2013) 중 엘리자베스 비숍이 그의 연인 로타 소아레스에게 책상을 선물받는 장면이 있다. 한 사람만을 위해 만들어진 아주 부드럽고 완만한 곡선을 지닌, 아름다운 나무 책상. 비숍이 그 책상을 쓸어보고 거기 앉아 타이프라이터를 만지던 장면이 참 좋아서 몇 번이나 돌려 보았다. 너무나도 아름다운 장면이어서, 내가 그리던 사랑은, 나무는, 저것이었어. 일기에도 적어두었다.

나무야 나무야 서서 자는 나무야•

서서 자는 나무는 내게 책상이다. 인근 초등학교에서 쓰다 버린 무거운 나무 책상이 내 최초의 나무였다. 그때 나는 초등학교 입학 전이었다. 그 책상은 두 명이 함께 앉을 수 있게 만들어진 것으로, 옆으로 길었고 교과서를 넣을 수 있는 폭이 좁은 개방형 서랍이 두 개 달려 있었다. 나무 의자도 함께 그 책상에 딸린 채였다. 무거운 의자, 무거운 책상. 유치원생이던 나는 키가 작았기 때문에 의자에 깊숙이 앉으면 발이 땅에 닿지 않았다. 동생과 나란히 앉아 가갸거겨 따위를 쓰며 시간을 보냈다. 의자

뒤에 엄마가 유성펜으로 동생과 내 이름을 적어주었다.
낡고 지친 친구였지만 다정한 느낌이라 꽤 친하게 지냈다.
초등학교 3학년쯤 전학을 가면서 다른 나무 책상을 얻게
되었다. 그 책상은 혼자 쓸 수 있는 것이었다. 자물쇠를
채울 수 있는 서랍이 달려 있었지만 자물쇠가 없어서
무용지물이었다. 의자는 철제 의자였다. 전부 아빠가
사무실에서 쓰던 것이었기 때문에 내 키에 비해 모두 높고
크고 넓었다. 이 책상과는 좀처럼 친해지질 못했다. 곁을
주지 않는 친구처럼 영 어색해서 주로 서랍만 사용했다.
중학교 3학년쯤 또 전학을 가면서 처음으로 새것 티가
나는 학생용 나무 책상을 갖게 되었다. 컴퓨터를 함께
놓을 수 있는 책상이었는데, 정작 그 책상에 컴퓨터를
놓아본 기억은 없다. 낮은 책장과 낮은 서랍 사이에 긴
상판을 둔 형태의 책상이었다. 대학 졸업 때까지 서로에게
별다른 관심이 없는데도, 서로밖에 없어 그저 그냥 함께
있는 친구처럼 지냈다.
대학원에 진학하면서는 하숙집에 딸린 책상을
사용했다. 대개 형태는 비슷했다. 높고 긴 책장이 한
면에, 낮은 서랍장이 다른 한 면에 있고 상판이 그 둘을
이어주는 형태. 짙은 고동색이거나 흰색이거나, 연한

베이지색이거나. 이 친구들과는 그다지 친하게 지내지 않아서 인상이 희미하다.

지금 내 책상은 두 팔을 넓게 펼쳐도 손바닥 한 뼘이 남는 길이로, 어두운 갈색이고 두껍고 튼튼하다. 매사 진지해서 좀 답답한가 싶지만 결국 믿을 건 너뿐이다 싶은 인상을 가진 친구다. 이 친구는 오랜 하숙집살이를 끝내고 월세살이를 시작하며 얻은 것으로, 원래 친구 선배의 것이었다. 친구의 선배가 미국으로 학위를 얻으러 갈 예정이라 큰 가구들을 모두 처분할 예정이라고 해서 트럭을 불러 실어왔다. 우연한 만남이었지만 운명 같았다. 본 순간 저건 내 책상이다 싶었다. 그 확신 덕인지 나는 이 친구와 근 십여 년을 함께해오고 있다. 세 번의 이사를 하는 동안 우리 사이는 틀어진 적이 없다.

평생을 살아가도 늘 한자리
넓은 세상 얘기도 바람께 듣고■

비숍의 책상, 그런 책상을 갖고 싶다고 여러 번 소원했다. 만약 그런 책상이 내게 온다면, 그래서 지금 내 충실한 친구를 버려야 한다면 어떡하나 지레 걱정도 했다. 다른 많은 친구들과 마찬가지로 우연한 계기로 내게 왔지만, 나와 가장 많은 계절을 함께 보낸 친구는 너인데, 어쩌면 이 친구에게도 내가 가장 오래 함께한 바람이고 공기일 텐데. 내가 쌓아놓은 온갖 책들에 군소리 없이 버텨준 친구, 내 글이 완성되는 동안 묵묵히 버텨주던 친구인 너와 헤어져야 한다면, 그래야 한다면 어떡하지.

사실은 답을 이미 내렸다. 그런데 여기 써놓고 싶지 않다. 확정하고 싶지 않다. 다른 방법을 찾을 수도 있으니까. 아무리 잃어도 재앙은 아니라고, 잃는 기술을 숙달하라▲고 비숍은 말했지만.

• 〈나무야〉 (작사 강소천 / 작곡 김공선)
■ 〈겨울 나무〉 (작사 이원수 / 작곡 정세문)
▲ 엘리자베스 비숍 「One art」

낮에 놀다 두고 온 괴물

바보나 천치들, 사랑하는 만큼 사랑을 되돌려 받기
어려운 이들,
괴물 같은 이들, 내가 만든 괴물들.
나는 그들에게 마음이 깊다. 그들이 나를 사랑하지
않을지 몰라도 나는 그들을 사랑한다. 그들이 가진
치명적인 결함과 그들이 가진 형용하기 어려운
아름다움과 비참을 전부 사랑한다. 내가 미처 발견하지
못한 부덕, 그들이 의도적으로 내게 숨긴 비열함,
흉측함이 그들에게 있대도, 나는 그들을 사랑하고 말
것이다. 태어난 것을 어떻게 사랑하지 않을 수 있으며,
내가 만든 것을 어떻게 혐오할 수 있겠냔 말이다.
그래서 사람들에게 그들을 내보일 때마다 사실 두렵다.
그들이 상처받을까 봐?
아니.
그들이 사람들에게 상처를 입힐까 봐. 나는 그것이
정말로 두렵다. 내 사랑이 그들의 무서운 일에 대한
핑계가 될까 봐 겁이 난다.

무엇인가 만들다 보면, 그게 무엇이든 내가 만들어
생명을 얻은 이 피조물이 누군가를 해치지 않을까,

내가 지금 만들어서는 안 될 것을 만들고 있는 것은 아닐까 하는 두려움이 고개를 든다. 내 괴물들이 만 명의 사람에게 사랑받지 못할 수도 있다는 건 알고 있고 상관없지만, 내 괴물들이 정말로 '괴물'처럼 구는 건 다른 문제다.

저 두려움에도 불구하고, 나는 그들을 다 만들고 나면, 속으로 말한다. 가고 싶은 곳으로 가. 너희들이 사랑하고 싶은 사람에게로 가. 가서 자유롭게 살아. 치사하게 굴지 말고, 뭐든 너희들 하고 싶은 대로 다 해. 이렇게 덕담인지 충고인지 별 영양가 없는 소리를 하기도 한다. 우리 관계는 여기서 끝이니까. 서로 갈 길 가자. 이런 냉담한 소리도 한다.

낮에 놀다 두고 온 나뭇잎 배는
엄마 곁에 누워도 생각이 나요•

솔직히 나는 다음 날 내 나뭇잎 배가 안전한 연못에서 엉망으로 망가져 있는 것을 보고 싶지 않다. 차라리 나뭇잎 배랄지, 내 괴물이랄지, 내 피조물이랄지, 여하간 그것들이 연못에서 사라져 내 눈앞에 보이지 않는 것을 선호한다. 하지만 그들이 태어난 이상, 그들과 내 관계를 완전히 별개라고 주장할 수 없다는 것을 안다. 내가 그 정도로 순진하지는 않다. 내 눈앞에 안 보인다고 해서, 내가 만들지 않은 것은 아니니까. 나에게는 책임이 있다.

괴물들아, 도대체 어디에서 누구를 만나고 있는 거니. 짐작이 되질 않아 갑작스레 불안이 몰려올 때도 있다. 그들이 내가 모르는 곳에 가서 나쁜 짓을, 돌이킬 수 없는 일을 저지른다면, 혹은 나쁜 짓에 이용된다면 나는 어떻게 해야 하나. 내 의도를 배반한다 할지라도, 이미 자유의지를 지닌 내 피조물인 그들을, 내가 무어라 단죄할 수 있단 말인가. 하지만 그들을 만든 내가 아니면 도대체 누가 그 잘못에 책임을 지지? 물론 그 피조물의 자유의지, 그 피조물을 이용한 타인들의 자유의지에 대해서, 내가 무한한 책임을 질 수는 없을 것이다. 그래도, 그렇다고 해도, 그렇지만, 할 수 있는 것을 하고, 더해서, 내가 사는 동안 무한히 속죄할 수는 있을 것이다. 살아서 갚아야 할 것이다. 죽음은 죄 지은 이에게 너무 쉬운 처벌이다, 이런 생각들.

낮에 놀다 두고 온 나뭇잎 배에 이런 생각들을 띄워
보낸다.
나뭇잎을 나뭇잎 배로 만든 것은 나이므로.
띄워 보낸 것도 나이므로.

자기검열을 아무리 해도, 내가 미처 모르는 무언가가
그 검열을 피해 탄생할 가능성이 늘 있다. 그게 두려워
연못을 뒤집어 나뭇잎 배를 내 손으로 망쳐버리고 싶을
때가 많다. 그러면서도 내 글을 세상에 내어놓고 싶고
자유롭게 돌아다니게 해주고 싶은 마음을 외면하기
힘들다. 내 나뭇잎 배. 내 흉하고 소중한 괴물아. 모두
너를 미워한대도 나는 너를 사랑해. 이러면서 말이다.
일어나지도 않은 일에 대해서 너무 많이 생각하나 싶지만,
이런 걸 생각하지 않으면 무얼 생각해야 하지요. 나는
내 괴물들이 저지를 짓에 대해서는 부끄러워할 수 있는
인간이면서, 그들 자체에 대해서는 부끄러워하지 못하는
인간이다. 그들이 아니라 나를 부끄러워할 일이니까.
내가 순진한 척 게으르게 굴어서 생길 일이 분명하니까.

• 〈나뭇잎 배〉 (작사 박홍근 / 작곡 윤용하)

꼭 다 내 마음 같아야 할까

우리들 마음에 빛이 있다면
그것은 대를 이어 밭 가는 자의 자식의 자식이 주머니에서
눌러 죽인 여치 같은 것
죽으라고 내놓은 화분에 몰래 주는 물 같은 것•

내 시 「우리들 마음에 빛이 있다면」의 일부다. 이 시는 아무 때고 생각나는 그 동요로부터 나왔다. '만약 내 마음에 빛이 있다면, 그 빛이 비추는 것은 무엇일까?' 하는 질문으로부터 시작한 시이다. 내 마음의 빛으로 바깥을 볼 거라는, 이 동요는 사람을 스스로 돌아보게 하고 부끄럽게 한다. 제목도 어쩌면 〈파란 마음 하얀 마음〉■이다.

마음이 어떻게 파란색이고 마음이 어떻게 하얀색일 수가 있나 싶은데,
그럴 수가 있다.
국어 시간에 배웠던 것들 중 '객관적 상관물'(objective correlative)이란 게 있다. T.S.엘리엇이 「햄릿과 그의 문제들」이란 평론에서 언급한 것으로 보통 '특정한 감정을 전달하기 위해 사용하는 어떤 것'이란 의미로

쓰인다. 이를테면 어떤 작품에 무엇이든, 어떤 식으로든 등장한다면 그 '무엇'은 전부 작품 내부에서 조형되고 있는 주체의 감정과 상관이 있을 거라는 뜻이다. 애초에 상관이 없다면 작품에 틈입하지도 않았을 것이니 작품 속에서 난데없이 등장하는 것 같은, 무연해 보이는 '무엇'도 결국 주체와 상관이 있다는 추론이 가능하다. 작가가 세밀하게 조정해서 작품에 등장시키는 상관물을 작가의 의도대로 읽어내는 것도 재미지만, 작가가 통제하지 못하는 사이에 작품에 끼어들어버리는, 작가의 의도 따위 알게 뭐냐 하는 상관물을 찾아 읽어낼 수도 있다는 뜻이기도 하다. 물론 작가도 모르는 작가의 강박을 알아차리게 됐을 때는 머쓱하기도 하다. 분명 숨기고 싶었을 어떤 사실이나 습관일 수도 있을 텐데, 모른 척해줘야 할 것 같은데, 그러지 못해 조금 민망하다. 결국 작품 내부에 등장하는 것은 그게 무엇이든 상관없어 보이는 것은 하나도 없다는 식으로, 전부 객관적 상관물이라는 식으로 받아들여도 무방할 것이다. 엄청나게 상관있거나 미미하게 상관있거나, 이 정도의 차이랄까. 엄밀하게 따져보면 세상에 두 다리 건너면 다 서로 아는 사람인 것과 마찬가지로(이 표현은 너무 과한가 싶은 생각도 들지만), 작품이라는 세상은 일단 지면이라는 한정된 물성을 기본 바탕으로 하기에, 상관물과 주체의 거리가 가깝게 마련이고 서로 더 만나기 쉽다.

지금까지 객관적 상관물에 대해 말한 이유는, 앞서 소개한 내 시에 등장하는 객관적 상관물들 때문이다. 시 자체는 짧지만, 초고로부터 4년 이상 퇴고를 본 시라서 들인 시간이 적지는 않다. 처음 시작은 저게 아니었는데, 퇴고를 끝내고 나니 별의별 것이 다 객관적 상관물로서 시 안에 머물러 있었다. 내 마음에 빛이 저런 것들을 비추려나 싶었다. 「우리들 마음에 빛이 있다면」은 나도 모르게 비추던 빛에 대해 쓰게 되어 부끄러운 시이지만, 동시에 나 역시 몰랐던 내 마음의 빛을 알게 되어 애정이 가는 시이기도 하다.

우리들 마음에 빛이 있다면, 내가 보고 마음에 들인 상관물들의 색에 물들 것이다. 그래서 깨끗하고 사랑스러운 것, 맑은 것, 좋은 것들을 가득 보면 꼭 그런 사람이 될 것 같은 기분이 든다. 그런 사람이 되고 싶은 마음이 먼저인지, 그런 것을 보아서 그런 사람이 되려는 것인지 선후를 분명하게 따지기 어렵고, 따질 필요도 없다고 생각한다. 다만 지금 보고 있는 것, 지금 내 마음에

들인 것, 내가 내 마음에 들였다고 느끼는 것을 충분하게
보고, 충분하게 느끼는 데 집중하고 싶어 여기서 생각을
멈추고 싶다고, 좋은 빛을 만들어내자고 생각하는데.
생각을 하는데,
문득, 우리들 마음에 빛이 있다면, 이라는 말이 마음에
턱 걸린다. 우리들 마음에 빛이 없다면, 그러면 도대체
어떻게 되는 거지, 하는 질문에 마음이 묶인다. 그러니까
빛은 좋은 것이라거나 어둠은 나쁜 것이라거나, 이런 식의
말을 하는 게 아니다.
볼 수 있는 마음이 없거나 보려는 마음이 없는 상태가
두렵다. 여름의 파란색과 겨울의 흰색이 기를 쓰고 내게
달려들려고 한대도, 나를 사랑해주려고 한대도 내 마음이
그것을 보지 않는다면, 보고도 안 보고 마는 상태로 나
자신을 몰아간다면, 그렇게 내 마음이 텅 비어버리면
어떻게 하지.

하지만 너무 두려워하지 않기로 했다. 아니, 충분히
두려워하기로 했다. 빛을 상상하게 하는 빛이, 내 마음의
빛이 될 수도 있다는 사실을 받아들이고 싶다.

눈으로 보지만 마음으로 묶지 않으면 그것은 남지 않고, 내가 그것을 잊어버리는 것과 마찬가지로, 내게서 어떤 시기의 나를 잊히도록 만들 것이다. 내가 나를 잊는 것이 꼭 나쁘기만 할까? 내가 부르는 노래, 내가 만든 시가 꼭 다 내 마음과 같아야 할까. 내 마음이 노래나 시를 닮아가는 것이 아닐까. 대상에 내 마음을 씌워보는 것이 아니라, 대상이 내게 그 마음을 만들어주는 게 아닐까. 그렇다면 내가 나도 모르는 시를 쓰게 된다면 나는 어떤 사람을 닮아가게 될까. 두렵고 기대된다.

- 김복희 「우리들 마음에 빛이 있다면」
- 〈파란 마음 하얀 마음〉 (작사 어효선 / 작곡 한용희)

외울 수 없는 시

절대로 외울 수 없는 노래가 있다. 그중 이 노래, "바윗돌 깨뜨려 모래알, 모래알 깨뜨려……" 언제나 부르다 보면 매번 바위, 자갈, 모래, 돌멩이가 저희들 있고 싶은 자리로 간다. 2절도 마찬가지다. 시냇물, 냇물, 바다, 강물 등등 내가 아는 물이라는 물은 다 불러낸다.

바윗돌 깨뜨려 돌덩이
돌덩이 깨뜨려 돌멩이
돌멩이 깨뜨려 자갈돌
자갈돌 깨뜨려 모래알

랄라 랄라라 랄라라
랄라 랄랄라 랄랄라

도랑물 모여서 개울물
개울물 모여서 시냇물
시냇물 모여서 큰 강물
큰 강물 모여서 바닷물

랄라 랄랄라 랄랄라

랄라 랄랄라 랄랄라•

1절은 큰 것이 점점 작아지고 2절은 작은 것이 점점 커진다. 나는 정말 이 노래 외우기가 힘들다. 아마 이 글을 쓰고 나서도 외우지 못할 것 같다. 아니, 물론 외우려면 못 외울 것도 아니지만, 외워야 할까? 가사를 완전히 외우지 못한 대신에 이 노래를 통해 내가 얻은 수많은 단어들과 문장들이 있는데. 상상들을 데리고 올 수 있었는데. 그것으로 수십 개의 시를 쓸 수도 있는데.
저 노래는 내게 셀 수 없이 많은 기쁨을 주었다. 아마 저 노래 만든 이는 모를 것이다. 외우기 어렵다는 점이 누군가에게는 도리어 저 노래의 생명이자 자유로움으로 여겨지도록 했다는 것을. 그래서 누렸다. 내가 누리는 이 기쁨은, 저 노래 만든 이의 의도에서 훨씬 벗어났을 텐데, 오히려 그래서 저 노래가 내게 오래 살아남아 있게 됐다고 나는 말하고 싶다.

노래는 외우지 못해도 즐길 수 있고, 만든 이의 의도를 벗어나 내 의도를 담아 다시 부를 수 있다. 시도 그렇다. 사실 언젠가 어떤 분이, 시인 스스로도 외우지 못할 긴 시를 왜 쓰냐고 내게 질문을 던진 적이 있었다. 미처 생각해보지 못했던 질문이었다. 그때 나는 머뭇거리며 외울 수 있는 시도 있으면 외울 수 없는 시도 있어야 하는 것 아닌가요, 답했다. 내 답을 영 마뜩잖아하는 표정이셨다. 답을 하는 내 표정도 자신만만한 표정은 아니었겠지. 답을 하면서도, 저게 틀린 말은 아니지만 뭔가 부족하게 느껴졌다. 저 날의 대화가 오래 내 머릿속을 굴러다녔다. 질문과 답이 뒤섞여 모래가 되었다가 바위가 되었다가, 큰 강물이 되었다가 개울물이 되었다가 했다. 그분이 이 글을 보실지 안 보실지 모르겠지만, 여기 답을 다시 조금 더 부연해 남긴다.

어떤 시의 경우, 그 시가 내가 자주 접해 익숙했던 시의 몸피보다 크고 복잡해 그 시를 외우지 못할 수 있다. 심지어 그런 시는 평소에 우리가 친숙하게 사용하는 관습적 언어, 관습적 사고에서 벗어나 있을 확률이 높다. 따라서 외우기는커녕 따라 읽기조차 벅찰 수 있다(애초에 외우지 말라고 쓴 시일 수도 있으므로 그 경우에는 시를 쓴 자이기에 앞서 그 시의 독자로서, 시인의 의도에 충실한 독해를 했다는 은밀한 기쁨을 누릴 수도 있을 것이다). 하지만 그런 외우지 못할(않을) 시, 어디 가서 누구에게 한마디로 요약해서 말하기 어려운 시를 읽는 것의 아름다움과 기쁨,

자유로움은 그런 시만이 줄 수 있는 것이다. 우리는 그 시를 읽는 것으로 시가 제 몸을 열어, 우리에게 주는 모든 것을 경험할 수 있다. 외워지지는 않는데 묘하게 기억에 남아 내 멋대로 굴릴 수도 있다. 나만을 위해 준비된 특별한 선물을 받을 수 있는 것이다. 시가 내게 숙제를 주는 것이 아니라, 시가 내게 선물을 주는 것이라 여기면 속 편하게 읽고 즐길 수 있으리라 생각한다.

답을 하면서도, 여전히 속 시원하게 그분을 설득시키지 못할 것 같은 느낌이 드는데 지금 내 역량이 이 정도라 하는 수 없다. 내 몸속의 물이 언젠가 비가 될 수도 있지 않겠나. 그 비가 누군가 마실 한 컵의 물이 될 수도 있고. 그래도 아쉬우니까 딱 몇 마디만 더 하겠다. 한 번 사는 인생 가슴속에 한두 편 외우는 시가 있으면 좋기야 좋겠지만, 뭐 꼭 다 외울 필요가 있나요. 제 몸이 죽고 죽어▪ 돌가루 되기 전엔 다시 답을 해보지요. 같이 궁리해봅시다.

• 〈돌과 물〉 (작사 윤석중 / 작곡 전석환)
▪ 정몽주 「단심가」

그리든, 그리워하든

하늘이 나오는 시를 쓰느라고 몇 날 며칠 하늘을 뒤지다가, 결국 어어 이거 뭐지, 내가 본 게 하늘이 맞나, 그랬다. 나는 구름을 보고 있었던 것 같고, 전선을 이리저리 따라가보았던 것 같고, 비행기가 지나가는 것을 보다가, 높은 아파트 맨 위층 창문에서 불 꺼지는 것을 보았던 것 같았다. 하늘을 보고 있다고 생각했는데 하늘은 내버려두고 하늘 아닌 것들만 보느라 바빴다. 완성하고 보니, 내가 쓴 시는 하늘에 관한 것이 아닌 듯 보였다.

얼굴에 대해서도 비슷하다.
저건 내 얼굴이야. 이건 내 얼굴이야. 내가 보는 것, 내가 아니지만, 나야.
거울을 자주 보지 않는데도 나는 확신한다. 나는 내 얼굴이랄 것을 화장실을 다녀오며 스치듯 보고, 아침에 일어나서 세수하며 본다. 지하철이나 버스 차창에 비친 것을 보기도 한다. 둥글고 희미한 것, 몸통을 끌고 다니는 것, 몸통에 끌려다니는 것, 저것, 내 몸통 위에서 움직이는 것이 내 얼굴이지 그럼 뭐냔 말이냐 확신한다. 하지만 내 얼굴이 나를 확신하는지, 그것은 나와 무관한 일. 다른 일이다.
평범하고 단순하게, 내가 보고 있는 내 얼굴이 나를 본다.
그러면서 내 얼굴은 창문을 보고 있었던 것 같고, 내 뒤
다른 사람의 눈썹 움직이는 것을 따라가보았던 것 같고,
거울 위에 붙은 화장실 타일을 한 번 더 보고 있었던 것
같다. 나를 들여다보고 있다고 생각했는데 내 얼굴은
나 따위는 신경 쓰지 않고 눈, 코, 입에 묻은 어젯밤만
구경하고 있었던 것 같기도 하다.

그래서일까. 나는 자주 내 얼굴에 대해서 쓰기를
시도하지만 실패한다. 내 얼굴이 용의주도해서, 내가
주의가 산만해서, 아니면 내가 너무 부자라서……?
자신의 얼굴을 닦는 시인과 자신의 얼굴을 그리는 화가
몇을 안다. 대개 가난한 이들이다. 모델을 서줄 이가 없고,
모델로 오래 견뎌줄 인연이 없어, 저 자신을 들여다보고
만져보는 것이다. 나는 내 가난을 부려 내놓고 싶지
않다. 얼굴을 보다가 결국 얼굴 근처의 것들로 내 시선이
옮는 까닭은, 얼굴은 쏙 빼놓고 그 얼굴을 이룬 것들에
대해서만 이토록 오래, 많이, 보고 쓰게 되는 이유는 분명,
그래서다.

가난을 들키는 건 상관없지만 그걸 내놓고 파는 건 좀 다른 문제다. 보고 싶은 사람은 볼 것이고, 살 사람은 사겠지. 그뿐이다. 내가 '나'라는 단어, '얼굴'이라는 단어를 제한 채 어떤 것을 쓴다 해도 전부 나와 내 얼굴이 들어가지 않은 것이 없다. 하늘을 쓰겠다는 마음으로 시작했는데 어느샌가 하늘이 사라지고 마는 시처럼. 하늘 아닌 것을 써도 기어코 하늘 아래서 쓰이고 마는 시처럼.

호박 같은 내 얼굴
우습기도 하지요
눈도 둥글 귀도 둥글 입도 둥글둥글[•]

사과를 그리든, 해바라기를 그리든, 미친 야생화들을 그리든. 동그라미를 그려놓고 무심코 눈, 코, 입을 그리든.[■] 그리워하든.

• 〈사과 같은 내 얼굴〉 (작사 김방옥 / 작곡 외국 곡)
■ 〈얼굴〉 (작사 심봉석 / 작곡 신귀복)

머물 곳을 정할 수 있을까

나는 모락모락 피어나는 저녁의 밥 짓는 연기를 뒤로하고
결국 혼자 가는 먼 시, 머물 곳을 정하지 않는 시를 좋아한다.

바람이 머물다 간 들판에
모락모락 피어나는 저녁 연기
색동옷 갈아입은 가을 언덕에
붉게 물들어 타는 저녁놀•

여기저기서 말했는데, 옛날부터 모험담을 좋아했다.
고귀한 신분이었지만 고향에서 쫓겨난 주인공이
조력자를 만나 역경을 이겨내고 금의환향하는
이야기부터, 엄마 잃은 소년이 엄마를 찾아 배 타고 기차
타고 삼만 리를 간다거나, 무인도에 친구들과 표류하게
됐다거나, 고아 소년이 해적이 남긴 보물을 찾으러
항해를 시작한다거나, 엄마 잃은 소녀가 영국 기숙학교로
유학을 갔다가 아빠의 갑작스러운 죽음으로 하녀 생활을
하는 이야기 등등. 조금이라도 '떠남'의 기미가 들어 있는
이야기라면 덮어놓고 좋아했다. 그리고 그런 이야기는
차고 넘쳐서 읽을 것이 많았다.
그런데 어린 시절에 읽은 대부분의 떠나는 이야기에는

소녀들의 이야기보다 소년의 이야기가 많았고, 소녀가 나오더라도 반드시 누구라도 사랑해 마지않을 수 없는 멋진 소녀들만 나오곤 했다. 외모든, 성격이든 사랑스러운 소녀가 한가득이었다. 보통 소설을 읽을 땐 같은 성별 혹은 주인공에게 자신을 이입하게 되는데, 도대체 어디에 나를 이입시켜야 할지 인지부조화가 오기 시작하자 모험담을 읽는 재미가 예전만 못했다. 그리고 꼭 돌아와선 떠났던 일에 대한 보상을 얻는 결말에도 지루함을 느끼기 시작했다. 재산을 얻든, 지위를 얻든, 복수에 성공하든, 인격적으로 성장하든, 사랑을 쟁취하든, 뭐든, 뭐가 됐든. 꼭 고생의 대가로 저런 것들을 얻어야 하는 걸까? 부와 명예 등등을 무시하는 건 아니지만(오히려 나도 간절히 얻고 싶다!) 절체절명의 모험을 한 사람에게 그런 건 좀 갑갑하게 여겨지는 보상이 아닐까 싶어서, 슬슬 팔짱을 끼고 모험담으로부터 거리를 두게 됐다.
다른 방식의 모험담을 읽고 싶었다. 그러다 시를 읽게 되었다.

시의 세계에서 떠나는 이들은 내가 읽던 이야기에서 떠나는 이들과 조금 달랐다.

시의 세계에서는 오만 가지 것들이 떠날 수 있었고, 돌아올 수 있었으며, 돌아오지 않을 수도 있었고, 가는 듯 가지 않을 수도 있었고, 안 갔다고 생각했는데 갔을 수도 있었다. 세상모르고 사는 것■처럼, 나는 시를 읽으며 오고 가는 사람들을 만났다. 사람만이 아니라 사람이 아닌 것들도 만났다. 가고 오지 못한다는 것을 철없던 내 귀가 들었는데, 그 말을 곱씹게 해주는, 말도 안 되는 떠남이 시에 다 있었다.

뭣보다,
(영웅이 길을 떠나 역경을 겪는 그런 서사시도 정말 좋아하지만, 아직도 너무 사랑하지만,) 영웅이 아니거나 재자가인이 아니라는 이유로 주목받지 않았던 누군가가 주인공이라는 게 좋았다. 그들이 혼자 가는 먼 길▲을 간다? 그들은 떠난 줄도 모르고 떠나, 역경을 역경인 줄도 모르고 겪다가 제자리로 돌아오지 않는다? 남자인지 여자인지도 모를 그 떠나는 이가, 성격도 나쁘고, 얼굴이 못생길 수도 있다? 세상에, 소름 돋게 좋았다.
평범하거나, 혹은 사랑받기는 글러먹은 시의 주인공들은 다채롭게 여러 가지 모험을 하지만, 혼자고, 이길 수 없는 싸움을 종종 하고, 가끔은 죽는다. 교훈도 없고 의미도 없는 모험 도중에 그들은 동료를 만나 같이 먹기도 하고 같이 싸우기도 하는데 기본적으로는 거의 매일 이루 말할 수 없이 혼자다. 그들은 혼자 먹고 혼자 싸우며, 싸울 것이 없을 때는 저 자신과 싸우고 혼자 먹기 싫을 때는 저 자신과 먹기도 한다. 그들은 상상할 수 있는 온갖 모험을 다 보여준다. 모험에만 사로잡힌 모험 중독자들 같기도 하다. 이해받거나 사랑받으려는 욕망이 없이도 떠날 수 있는 삶. 덧없어 보였지만 더없이 자유로워 보이기도 했다. 나는 그들에게 나를 이입했으며, 그들이 힘들게 얻은 자유를 조금씩 얻어 내 가방을 꾸렸다. 떠날 때 들고 갈 가방을.

가끔 밥 짓는 연기가 올라오는 따뜻한 집으로 들어가 쉬고 싶기도 하다. 하지만 오래도록 머무르고 싶지는 않다. 그것 참 쓸쓸한데 저런 노래를 등에 지고 돌아다니는 맛을 알고 나면, 밥만으로는 나는 못 산다고, 이것 참 못 멈춘다고 말하게 된다. 자유는, 무엇도 얻어오지 못해도 좋다는 그 마음까지도 잊히는 자유는, 불타는 노을을 뒤로하고 밤을 향해 떠나는 시로부터 온다고 여전히 생각한다.

• 〈노을〉 (작사 이동진 / 작곡 최현규)
■ 김소월 「나는 세상모르고 살았노라」
▲ 허수경 「혼자 가는 먼 집」

왓츠 인 마이 백

립밤, 손수건, 텀블러,
아기 코끼리가 춤추고 크레파스 병정들이 나뭇잎을 타고
놀던 꿈나라,[1]
이상하고 아름다운 도깨비 나라,[2]
핸드폰, 이어폰, 천안 삼거리 흥 능수야 버들은 흥 제멋에
겨워서 축 늘어진 능수버들,[3]
마스크, 반짝반짝 작은 별, 서쪽 하늘에서도 빛나는 별
동쪽 하늘에서도 빛나는 별,[4]
쨍쨍한 햇볕과 반짝이는 모래알로 한 떡과 조약돌로 지은
소반,[5]
리리리자로 끝나는 모든 말들, 괴나리, 보따리, 댑싸리,
소쿠리, 유리항아리, 꾀꼬리, 목소리, 개나리, 울타리, 오리
한 마리,[6]
송알송알 싸리잎에 은구슬,
조롱조롱 거미줄에 옥구슬,[7]
메모지와 펜, 손세정제, 알코올스왑,
과자와 사탕을 실은 장난감 기차, 엄마 방에 있는
아기에게 갈 기차,[8]
깊은 산속 옹달샘,[9]
기찻길 옆 오막살이, 잘도 자는 아기,[10]

동구 밖 과수원 길, 눈송이처럼 날리는 아카시아 꽃,
둘이서 하지 않는 모든 말들과 얼굴 마주 보며 웃은
기억,[11]
지갑, 아스피린, 핸드크림,
초콜릿, 조에게 받은 양송이 브로치,
해에게 받은 엽서들, 추가 만들어준 유부초밥,
안에게 받은 아톰 피규어,
그리고 또,

1 〈아빠와 크레파스〉 (작사 이혜민 / 작곡 이혜민)
2 〈도깨비 나라〉 (작사·작곡 미상)
3 〈천안 삼거리〉 (충청도 민요)
4 〈작은 별〉 (작사 윤석중 / 작곡 모차르트)
5 〈햇볕은 쨍쨍〉 (작사 최옥란 / 작곡 홍난파)
6 〈리자로 끝나는 말은〉 (작사 윤석중 / 작곡 외국 곡)
7 〈구슬비〉 (작사 권오순 / 작곡 안병원)
8 〈장난감 기차〉 (작사·작곡 미상)
9 〈옹달샘〉 (작사 윤석중 / 작곡 외국 곡)
10 〈기찻길 옆 오막살이〉 (작사 윤석중 / 작곡 윤극영)
11 〈과수원 길〉 (작사 박화목 / 작곡 김공선)

희망 없는 사실

여우야 여우야 뭐 하니
잠잔다•

동물이 너의 시에서 도대체 무엇이냐, 라고
물으시겠습니까. 물으신다면.
아니, 대답을 할 수 있다면 그것을 시로 썼겠습니까, 혹은
시가 되려고 동물이 시를 이용하는 게 아니겠습니까,
라고 대답 아닌 대답만을 할 수 있겠습니다.

여우야 여우야 뭐 하니
밥 먹는다
무슨 반찬
개구리 반찬
죽었니 살았니▪

"죽었니 살았니" 다음에 무슨 일이 벌어지나요. 가끔
시를 쓰다 보면 동물이 불쑥 제 시에 난입합니다. 제가
동물을 시에 부러 부르는 일은 없습니다. 저는 그저
그들이 오겠다 싶으면 자유롭게 제 시에서 돌아다닐 수
있도록 용을 쓸 뿐입니다. 그러면 시가 돼요. 얼추 다 됐다

싶으면 "죽었니 살았니" 하고 저에게 한 번, 그들에게 한 번, 물어봅니다. 딱히 답을 얻으려는 건 아니고, 뭐라도 응대가 있었으면 해서, 나랑 놀아달라는 마음을 담아 메아리를 구하듯 묻는 것입니다. 인간이 노래하고 여우는 침묵하는 것, 여우는 캥캥거리고 인간은 여우 곁을 뱅뱅 맴도는 현상이 신기해서, 입이 근질거려 못 참는 거예요.
물론,
동물은 침묵합니다. 별이 침묵하듯이 침묵하고, 파도가 밀려왔다 밀려가듯이 침묵합니다. 적어도 인간의 언어 측면에서 보자면, 동물이 인간의 언어를 말하지 않는다는 이유로 단정하자면 동물의 침묵은 침묵이라 이름 붙일 수 없는, 하지만 침묵 아닌 다른 것이 될 수도 없는 침묵에 속합니다. 그러나 인간도 동물의 언어를 알지 못하기 때문에 인간 역시 동물에게는 침묵하는 종(種)일 것입니다.

물론,
동물과 인간은 말을 합니다. 서로 다른 말을 합니다만 그래도 대화를 하는 것처럼, 인간과 동물은 대화로써 친밀한 관계를 형성하기도 합니다. 특히 인간에게 곁을 내주기도 하는 개, 매, 고양이, 돌고래, 햄스터 등과는 소통이 가능한 것처럼 보입니다. 그런데 정말로, 인간과 동물이 언어를 나눌 수 있겠습니까?
동물과 호의나 적의 같은 순간의 느낌을 공유할 수는 있으므로 비유적인 의미에서라면 서로 언어를 나누고 소통도 한다고 말할 수 있겠지만, 저는 쓰고 읽는 언어, 입에서 나오는 언어 이외의 언어, 더 나아가 기록으로서, 문학으로서의 '언어'를 동물과 인간이 나눌 수 있겠냐는 질문 아닌 회의를, 희망 없는 사실을 말해야겠습니다.
우리는 동물에게 말하지만 동물에게 그것은 말이 아닐 것입니다. 우리는 다만, 서로 대화하고 있다고 착각을 하는 것이 아닐까요?

물론,
동물은 가만히 보고 있으면, 그 눈빛이나 몸짓이 꼭 인간처럼 여겨집니다. 인간을 알 듯이 그들을 알 것도 같습니다. 알 것도 같으니 대화도 가능할 것 같다는 기분을 느끼게 합니다. 오히려 다른 인간과 하는 방식으로 대화하지 않아도 좋으니 더 마음이 통하는 것 같기도 합니다. 그러나 착각이라고, 우리는 대화하는 게

아니라, 습관을 공유하는 거라고, 네가 정말 동물의 말을
알겠느냐고, 단호한 절망이 저의 이마를 내려칩니다.
(인간도 서로 대화하는 게 아니라, 습관을 공유하는 것뿐이라고
종종 생각하긴 합니다만…….)

제 생각에, 혼자를 더욱더 혼자인 것처럼 느낄 수 있는
좋은 방법은 동물과 소통한다는 기분에 빠져드는
것입니다. 그러면 착각과 기분은 착각과 기분일 뿐이고,
오로지 나 자신을 통해서만 그들을 짐작할 수 있다는
것을 뼈에 저리도록 새록새록 알게 됩니다. (물리적으로도,
심리적으로도 완전히 고립을 체험할 수 있는 좋은 방법입니다.
죽었다 깨나면 좀 다를까요? 하지만 죽었다 깨나면 이미 저는
인간도 비-인간도 아닐 테니, 그때에 알게 될 것은 지금 인간인
제가 아는 것과는 다른 것이겠지요.)
내가 여우일 수 없고 개구리 반찬일 수 없고 그냥
노래하는 나라는 사실이, 동물이든 나든 죽으면 흙이
되는 것과 같이 별 새삼스러운 진실도 아닌데 괜히
사무칩니다. 동물들이 내 시에 무시로 드나드는 것이
좋으면서도, 그들이 도대체 제 시에 무엇인지 알 수가
없어 막막한 심정도 있습니다. 하지만 오는 동물을 어찌

막으며, 가는 동물을 어찌 잡나요. 지금은 오고 감이 자유롭지만 언젠간 영영 아니 올 수도 있습니다. 와줄 때, 맞이해야죠. 말은 안 통해도 같이 잘 놀다 헤어질 수 있었으면 합니다.

• 〈여우야 여우야〉 (작사·작곡 미상)

■ 〈여우야 여우야〉 (작사·작곡 미상)

온갖 짐승 내 안에 다 모여서

시집을 낸 후로, 종종 동물을 좋아하냐는 질문을 받았습니다. 좋아한다는 것은 무슨 뜻일까요. 동물을 잘 아느냐는 뜻인가요. 그러니까 백과사전적인 의미로? 걸어 다니는 자연사 박물관 수준 정도는 되는지 물어본 걸까요? 아니면, 동물을 보면 설레고 어쩔 줄 몰라 안절부절못하게 되고 허튼 실수를 하게 되는지를 묻는 것인가요. 그러니까 연애적인 의미로? 아마도 둘 다 명백하게는 아니겠고, 제 시에 동물, 다시 말해 비-인간이 많이 등장하고, 비-인간이 많이 등장하는 게 제 시의 특징이라 여겨지니, 가벼운 화젯거리로 삼아본 것이리라 생각합니다. 그렇지만 저런 질문에 대한 질문을 해보게 됩니다. 동물을 좋아하냐는 질문은, 어쨌든 기실 저 두 질문에 맞닿아 있다고 여겨지기 때문입니다.

저는 동물을 좋아하지만 동물을 잘 모르고, 동물을 좋아하지만 동물을 보고 두려움과 공포를 더 자주 느끼는 편입니다. (비건을 지향한 이후로 동물원에 가지 않고 있지만, 서울에서 저는 자주 어린이 대공원에 갔습니다. 한참 철창 속의 동물들을 바라보다 왔습니다. 어린이 대공원은 대부분 놀랄 정도로 한적해서, 어쩌다 비라도 오는 평일 낮에 가면 동물과 저만 있을 수 있었습니다. 철창을 두고 그들로부터 조금 떨어져 저 혼자 그들을 볼 수 있다는 은밀한 기쁨을 누렸다는 것을 고백합니다. 지금도 여전히 그런 기쁨의 기억이 저를 유혹합니다.)

산중호걸이라 하는 호랑님의 생일날이 되어
각색 짐승 공원에 모여 무도회가 열렸네•

먼저 동물이라는 말과 짐승이라는 말 중 어떤 말을 쓸까 망설였다는 것을 지금 밝혀두어야 하겠습니다. 저는 저 동요로 짐승이란 말을 처음 배워, 별로 '짐승'이란 말에 저항감이 없었습니다. 하지만 보통 '짐승'은 "저런 짐승 같은!"이라거나 "짐승만도 못한!" 등으로 쓰여, 당대의 도덕으로 인간이 용인할 수 없는 잘못을 저질렀을 때 '금수'와 더불어 비하의 의미로 쓰입니다. 이런 말을 꺼내는 이유는 '짐승', 그러니까 '동물'은 늘 인간의 자의적인 판단에 따라 해석되기에, 그 맥락을 제하고서 저들을 따로 보기가 어렵다는 것을 말하고 싶어서입니다. 그렇습니다. 시인합니다. 저는 인간으로서, 인간이 아닐 수 없어서, 인간이 아닌 동물을 모릅니다.
도리가 없습니다. 진심으로 저는 그들을 모르겠습니다.

그들을 좋아하는 제 마음이 다소 심하게 인간적인 것 같아, 섣부르고 방만하게 느껴질 정도로, 저는 동물에 대해 잘 모르겠습니다. 신을 모르는 것과 마찬가지입니다. 오해는 하지 말아주시기 바랍니다. 동물에 대해 애써 모르고 싶은 것은 아니며, 동물을 섬기고 싶은 것도 아닙니다. 저는 신을 알고 싶어 하는 마음만큼 동물이 알고 싶습니다.

다시 묻습니다.
'짐승'의 용례에서 보듯이 인간이 생각하기에, 인간이 할 수 없는(혹은 해서는 안 되는) 일을 하는 모든 것은 동물일까요? 대충 신과 기계와 바다와 산, 하늘이 떠오릅니다. 하지만 너무 대충이지요? 다시 한정을 지어보겠습니다. 여기에 있으면서 저기에 있을 수 없고, 또한 일종의 유기체여야만 동물일까요? 그렇다면 여러 장소에 물리적 신체로 동시에 존재하지 못하고 유기체이기도 한 인간은 동물이 아닌가요? 인간을 비-동물이라고 하면 안 될까요? 동물 입장에서 보면 인간도 이종의 동물이 아니겠습니까? 그러니까, 우리가 이제껏 알 수 없고 해독할 수 없지만, 포획할 수 있었거나 포획의 가능성을 점치던 모든 것들을 동물이라고 해왔던 것처럼 말입니다.

저는 저 자신을 아는 것만큼 동물을 압니다. 이 말은 저 자신을 모르는 만큼 동물을 모른다는 뜻이기도 합니다. 저는 제가 절대 알 수 없는 것들을 많이 알고 있습니다. 세상이 돌아가는 원리라든가, 부자가 되는 방법, 미워하는 사람을 용서하는 방법, 엄마가 저를 임신한 것을 처음 알아차렸을 때 떠올린 마음, 내가 꾸었던 첫 꿈, 그리고 이런저런 것들을 나는 영영 모르겠지요. 그중 제일 모를 것은 저 자신입니다. 동물을 두려워하듯, 저는 제 자신이 두렵습니다.
호랑이, 토끼, 여우, 인간이 한곳에 모여 잔치를 벌이는 곳은 천국 아니면 동요, 아니면 제 안뿐입니다. 저 동요의 후반부에 까부는 녀석이 하나 나오는데, 그치가 꼭 저일 것만 같습니다. 좋아서 난리를 치는 모습이 눈에 선합니다. 호랑이 생일잔치에 초대를 받다니! 너무 신나! 그러면서요. 그래 마음껏 즐겨라 싶으면서도, 걱정이 됩니다. 녀석이 제 안의 짐승들에게 찢겨 죽지나 않으면 다행이지 싶습니다. 만신창이가 되어 탈출한다면, 그도 아주 나쁜 일은 아니겠죠. 살아 있다면 뭐라도 쓸 테니까.
하지만 그런 식으로 죽더라도, 아주 비참한 일은
아니겠지요.

• 〈산중호걸〉 (작사 이요섭 / 작곡 이요섭)

근사하게 말하기 활동

무엇이 무엇이 똑같은가 젓가락 두 짝이 똑같아요•

젓가락 두 짝처럼 짝이 딱 맞는 말만 존재하는 세상은 전설 속에나 있다. 그렇다고 해서 '복숭아 주세요.'라고 말했는데 상대방이 내 뺨을 때리는 세상이라면, 어떨까. 지나치게 시적인 상황 아닌가? 다행히 나는 '복숭아 주세요.'라고 말하면, '어떤 복숭아로 드릴까요?'라고 답하는 세상에 산다.

일상의 나는 '미안해'라는 말이 미안함을 뜻하고, '고마워'라는 말이 고마움을 뜻하는 세상을 원한다. 일상이 최소한의 신뢰, 최소한의 합의된 언어를 바탕으로 구축되어 신경과민에 시달리지 않기를 원한다. 찰나의 침묵과 서로 간의 표정, 그간 서로 쌓아온 역사로 '미안해'와 '고마워' 밑에 더 많은 말이 있음을 미루어 짐작하더라도, 일단 간 말의 표면적 의미 자체는 의심하지 않는 세상에서 살기를 바란다.
그래서 소통에 사용할 언어는 의도와 일치하는 세상에서 살고 싶어서, 혼자 말버릇을 고치는 활동을 내 나름대로 하고 있다. 이름하여 '근사하게 말하기 활동'이다. 혼자

하는 것이라 회장도 나, 회원도 나, 총무도 나다. 이 글을 빌려, 처음 정식 명칭을 소개한다. 좀 쑥스럽다.

재작년엔 '여자답다'와 '남자답다'라는 말이 부정확하다고 판단하여, 그 말을 아주 안 쓰기로 했고 꽤 성공적이었다. 작년부터 지금까지는 '~것 같다'를 최대한 안 쓰기로 했다. 그 말이 많은 서술어의 특색을 다 빼어가는 것 같아서였다. 너무 헐벗은 느낌이 싫어서였다.
좋음이 더 크다면 '좋아하는 것 같아.'보다 '좋아해.'라고 말하고, 좋음이 더 적다면 '좋아하지 않아.'라고 말한다. 좋아하지 않는 게 싫은 건 아니니까. 좋음이 더 적을 때 '싫어.'라는 말을 쓰지는 않는다. 정말로 싫을 때만 확실히 '싫어.'라고 말한다.
'맛없는 것 같아.'보다 '아무 맛도 느껴지지 않아.'라고 말한다. 좋아하는지 좋아하지 않는지 헷갈리면, 마음 그대로, 좋아하는지 좋아하지 않는지 헷갈린다고 말한다. 말할 수 없는 것에 대해서는, 왜 지금 말할 수 없는지 설명하고(설명하기 싫으면 설명하고 싶지 않으니 양해해달라고 말한다), 그래서 지금은 말할 수 없다고 말한다. 달리 말해, 사람을 대면할 때 나는 재치 있는 사람보다 선명한 사람이 되고 싶다. '근사하게 말하기 활동'의 목표랄까. 재치보다 선명. 정색보다 정성. 젓가락 두 짝을 잘 맞춰 내 앞의 사람에게 놓아주려고 한다.

'~것 같다'를 안 쓰려고 하니, 내 의중을 더 샅샅이 살피게 된 것이 소기의 성과라면 성과다. 지금 좋더라도, 내일 안 좋다면, 그 변덕에 대한 책임을 감수해야 해서 신중하게 마음을 뒤지고 살펴 좋아하는지 아닌지 말하게 되었다. 원래 처음 의도는, 내 말이 부정확한 까닭에 상대방이 이런저런 감정노동을 하게 될 것을 경계해 시작한 것이었는데, 하다 보니 그냥 나만 감정노동에서 놓여난 것인가 싶어, 아 역시 의도가 결과를 보장하지 않는구나, 속없이 깨닫기도 했다.

저 활동을 한 이후로, 내 언어나 마음에 확신을 가지지 못하는 상황에 늘 새로 맞닥뜨린다. 마음이 먼저인지 말이 먼저인지, 내가 어디로 가는지, 이 노력이 나를 어디로 데려가는지, 어지럽다. 세상이 늘 놀랍고 낯설어서, 정확하게 말하려고 할수록 모르겠어서 힘들기도 하다. 아, 세상이 너무 넓다. 깊다. 너무 복잡해.

그래도 그만두려는 마음을 먹은 적은 없다.
아무리 내 마음이 불명확하더라도, 어떤 상황에서는
내 마음이 어떤지 단호하게 말해야 하는 경우, 마음을
결정해야 하는 경우가 분명 있으니까, 할 수 있는 만큼
정리하고, 최선의 말을 선택한다. 아주 간단한 예를
들어, '라면'과 '우동' 중 무엇이 더 먹고 싶은가 했을
때, '아무거나' 라고 말하지 않는 사람이 되는 것. 둘 다
별로라면 차라리 '자장면'은 없냐고 묻는 사람이 되는 게
낫다. 지금 무엇도 먹기 싫다면, 그냥 안 먹겠다고 하고.

앞으로도 '~것 같다' 최대한 안 쓰기 활동은 쭉 이어갈 것
같다(이렇게 쓸 수밖에 없는 상황에선 쓰고). 쓰긴 쓰되 쓰지
않아도 되는 상황이라면, 다른 표현을 찾을 여유가, 혹은
이유가 있다면, 근사(近似)한 표현을 찾을 거다.

• 〈똑같아요〉 (작사 윤석중 / 작곡 외국 곡)

복희와 둥글게 공독회

내가 상상하는 평화로운 세상에는 늘 책이 있다. 사자와 양이 한가로이 뛰노는 가운데 책을 읽고 있는 사람의 이미지, 사랑하는 이와 느슨하게 누워 각자 보고 싶은 책을 보다가 누가 먼저 말을 꺼내면, 이어지지 않아도 괜찮은 자연스러운 대화를 간헐적으로 주고받는 이미지, 오지 않는 버스를 기다리며 책에 코를 박고 있는 사람의 이미지.

빛과 고요가 책과 사람 곁에서 부드럽게 머무는 이미지.

나는 전라남도 진도에서 태어나 노화도, 보길도, 고금도에서 유년을 보냈다. 열 살까지 주말마다 엄마, 아빠, 동생과 때마다 살던 작은 섬에서 배를 타고서 본섬인 완도에 갔다. 매주 완도 할머니 댁에서 하루나 이틀을 자고 왔다. 할머니 댁은 안 좋아했지만, 완도에 가는 것은 좋아했는데, 첫 번째 이유는 목욕탕에 갈 수 있어서였고 두 번째 이유는 서점에 갈 수 있어서였다.
일요일 아침 일찍 목욕탕에 다녀온 후, 할머니 댁에서 점심을 먹고 집으로 돌아가는 길, 완도에서 하나뿐이던 서점에 들러 책을 한 권(가끔은 두 권) 고를 수 있었다.
배 시간에 쫓겨 마음에 꼭 맞지 않는 책을 고를 때도

있었지만 거의 그 서점에서 고른 책은 내 일주일의 전부였기에 좋아할 수밖에 없었다. 할머니 댁에서 어떤 시간을 보냈는지는 기억이 나지 않는데(할머니 죄송해요. 정말로 기억이 안 나는 걸 어째요) 할머니 댁에서 나와 배를 타러 가기 전에 세상없어도 들렀던 완도군 완도읍의 '국제서림'에 대한 기억만은 생생하다. 완도에 이사 오고 나서는 하굣길에 반드시 서점에 들렀다. 일주일에 여섯 번 정도 방문했을 것이다. 용돈을 모아 문제집도 사고, 만화책도 사고, 서성거리며 온갖 책을 둘러보기도 하고. 서점은 내게 습관이었다. 그 습관 덕인지 나는 누군가가 쓴 것을 읽기만 하면, 지금 이 세계에서 언제든지 다른 세계로 자유롭게 갈 수 있는 사람이 되었다. 나는 책을 읽을 때 가장 빠르고 강렬하게 평화를 느낀다. 책은 그 누구도 뺏을 수 없는 나만의 피난처, 안식처다. 책이 사방에 쌓여 있는 풍경에서 혼란을 느끼기보다 안정감을 느낀다고 말하면 말 다 했을 것이다(내 방에 내가 누울 수 있는 자리를 빙 둘러, 책이 손 닿는 곳마다 늘 쌓여 있는 이유다. 친구는 내 방 꼴을 보고 질색하지만).

시집을 출간한 이후 독립서점의 낭독회나 강연회 등에서

내 책의 일부를 낭독할 기회가 종종 생겼다. 그때 나는
시를 소리 내어 읽으면서 가끔 다른 곳에 가곤 했고, 문득
그런 생각이 들었다. 다 함께 다른 곳에 갈 수는 없을까?
묵독 말고 공(共)-독(讀), 그러니까 한 사람도 빠짐없이
낭독을 함으로써 서로서로 평화를 도울 수는 없을까?
텅 빈 곳(空)도 몰래 저 혼자 간직하고! 하는 생각 말이다.
그리고 2020년부터 지금까지 근 일 년간
혜화의 '동양서림' 2층에 자리한 시집 전문 서점
'위트앤시니컬'에서 '복희와 둥글게 공독회'를 해오고
있다. 늘 어디로 가게 될지 모르면서 통성명도 하지 않고
사람들과 함께 소리 내어 책을 읽었다. 마스크를 쓴 채로
말이다.

책을 미리 읽어오지 않아도 된다. 그날 처음 보는
책이어도 상관없다. 쉬는 시간 없이 한 권을 통째로 함께
읽는 것을 '복희와 둥글게 공독회'의 원칙으로 세웠기에,
낭독 시간 내내 핸드폰을 끌 성의와 인내심만 상비하면
된다. 책에 따라 낭독 방법은 모두 다르다. 지금까지
『제주를 바치는 여인들』(아이스킬로스), '좋아하는
시 10편씩 골라와 읽기', 『어제』(아고타 크리스토프),

『두이노의 비가』(릴케), 『갈매기』(체호프), 『희망은 사랑을 한다』(김복희), 『죽음의 엘레지』(빈센트 밀레이), 『나와 작은 새와 방울과』(가네코 미스즈), 『나의 사유 재산』(메리 루플)을 읽었다.
내가 좋아하고, 자주 읽었던 작품들 중 함께 읽으면 즐겁겠다 싶어 골라 꾸려본 시간들이었다. 최대 두 시간 사십 분이 걸린 적도 있고, 최소 사십 분이 걸린 적도 있었다. 자기가 어느 부분을 읽게 될지 알 수 없으므로 다들 중반 이후가 넘어가면 집중도가 높아져서 얼굴이 발갛게 달아오르는 것을 볼 수 있었다. 사람들의(나 포함) 상기된 뺨이 느껴졌다. 늘 하기 전에는 사람들이 이런 걸 좋아할까? 나 혼자만 좋아하는 게 아닐까? 떨리고 긴장되었지만, 하고 나면 남의 말에 기대어 내 말이 풀리고 다른 사람의 마음을 전해 들을 수 있었기에 자연스레 그런 건 신경 쓰지 않게 됐다. 여기 없는 작가들의 말로 여기의 우리가 대화를 하는 게 신기했다. 혼자서 숨죽여 읽을 때와는 또 달랐다. 다 같이 목소리 내는 것이 좋을 수 있구나. 함께 하는 일 중에 좋은 일도 있는 거구나. 놀라웠다.

둥글게 둥글게 둥글게 둥글게
빙글빙글 돌아가며 춤을 춥시다
손뼉을 치면서 노래를 부르며•

우리의 공-독은 둥글게 앉은 채로 이루어지며, 서로의 목소리를 나눠 가지고 돌아가는 것으로 마무리된다. 그 목소리가 빙글 돌아서, 다시 내게로 온다고 믿는다. 사람은 없고 목소리만 남는 건 어쩐지 쓸쓸하기도 하지만, 그 쓸쓸함을 느낄 줄 아는 것도 귀하고 소중한 것이라고, 나는 그것을 공독회로 배웠다. 집에 돌아가서도 다시 읽어보고 싶은 책, 들어보고 싶은 목소리로 사람을 기억하는 일이란 내게는 처음 있는 일이었다. 가네코 미스즈의 시에서처럼, 모두 달라서 모두 좋았다.▪

우리는 서로 이름도 모르고 나이도 모른 채로도 같은 책을 읽을 수 있지. 눈물이 나는 부분도 ,웃음이 나는 부분도 서로 다른 채로도 우리는 그것을 알아가고 나눌 수 있지. 우리는 함께 읽으며 조용히 서로의 춤을 도와줄 수 있는 사람들이지. 그랬다. 혼자를 유지하면서도 우리일 수 있지. 그게 정말 좋았다. 사람을 믿는다는 것이,

책을 읽는다는 것과 같이 갈 수 있구나, 생경하고 좋았다.

• 〈둥글게 둥글게〉 (작사 이수인 / 작곡 이수인)
▪ 가네코 미스즈 「나와 작은 새와 방울과」

외로운 산길에 구두 발자국

하얀 눈 위에 구두 발자국
바둑이가 같이 간 구두 발자국
누가 누가 새벽길 떠나갔나
외로운 산길에 구두 발자국•

새벽이다. 연이틀 큰 눈이 내렸다. 해가 뜨지도 않았는데 눈 덮인 산길에 구두를 신고 걸어가는 한 사람, 그리고 강아지 한 마리가 보인다. 나도 눈길을 가는 중이다. 그이는 낡은 학생용 구두를 신고 엉덩이까지 오는 얇은 누빔 점퍼 차림이다. 가로등 없는 산길이라도 바닥이 흰색이라 밝다. 그는 종종 나무에 묶인 이정표를 확인하며, 걷는다. 나는 그를 천천히 따라간다.
참으로 조용하다.
눈 밟는 소리와 약간 가쁜 그의 숨소리, 강아지의 숨소리만 선명히 들린다. 나무 위에 얹혀 있던 눈이 투두둑 소리를 내며 떨어진다. 그는 잠시 멈춰 어린 나무에 얹힌 눈을 마저 털어준다.▪ 강아지가 떨어지는 눈을 피해 그를 앞질러 뛰어갔다가 나를 발견한 듯 내게로 달려왔다 다시 그를 향해 달려간다.
그가 아주 작은 아이처럼 보인다. 그는 소년이다. 그는 소녀다. 그가 딱 한 번 나를 돌아본다. 그 얼굴에서 나는 소년과 소녀를 알아본다. 그들은 그의 얼굴에서 새어나와 나를 바라본다. 나는 그가 다시 나아갈 때까지 기다린다. 나는 산길 바깥으로는 나가지 않을 작정이다. 흰 눈 바깥으로는 조금도 나가고 싶지 않다. 나갈 수도 없고. 산길 밖은 제설이 끝난 모양이다. 그가 발바닥을 아스팔트에 문지르다 문득 한 번 더 뒤를 돌아본다. 강아지의 머리를 두 손으로 한참 쓰다듬어주고 가, 가, 라고 외친다. 그는 나로부터 아주 가까이 있지만 나를 기억하지 못할 것이다. 그는 혼자 가고, 나는 남는다. 나는 눈이 녹으면 곧 사라지는 기억이다. 발자국이다. 나에게는 가본 적도 없는 산길의 기억이 있다. 그의 유년에 큰 눈 내린 적이 없다는데, 내게 꼭 그런 기억이 있다.

바둑이 발자국 소복소복
도련님 따라서 새벽길 갔나
길손 드문 산길에 구두 발자국
겨울 해 다가도록 혼자 남았네▲

• 〈구두 발자국〉 (작사 김영일 / 작곡 나운영)
■ 울라브 하우게 「어린 나무의 눈을 털어주다」
▲ 〈구두 발자국〉 (작사 김영일 / 작곡 나운영)

봄과 약속

개나리 노란 꽃그늘 아래
가지런히 놓여 있는 꼬까신 하나
아가는 살짝 신 벗어놓고
맨발로 한들한들 나들이 갔나
가지런히 기다리는 꼬까신 하나•

노란색, 개나리, 봄. 기다림. 약속.
개나리가 지는데도 어떤 봄은 끝나지 않는 것 같다.
봄에 사는 사람은 많이 우는 사람일 것이다.
우는 사람을 알아보고 기다려주는 사람이 있어서 여름이 오기도 할 것이다.

보고 싶으면 보고 싶다고 말하고, 생각나면 생각을 하자.
그러면 되겠지.
꿈에 그리면 꿈에서 만나고,
꿈에서조차 나오지 않는다면 깨어서 보라는 뜻인 줄 알면 되겠지.
현실은 꿈과 그리움으로 바뀌는 것이다. 잊지 않는 것으로.

• 〈꼬까신〉 (작사 최계락 / 작곡 손대업)

나가며
노래 뒤의 노래들

대부분 새로 쓴 글들이고, 이미 발표한 글을 수정한 것도 있습니다. 〈섬집 아기〉 같은 노래는 이미 시로 다 써버려서 더 쓸 것이 없어 쓰지 않았습니다. 쓸 수 없을 것 같았던 것을 쓴 것도 있고, 쓸 수 있을 것 같았는데 결국 못 쓴 것도 있습니다. 어떤 건 영 쓸 수 없어서 일단 내버려 두었습니다. 그런 것은 그 어떤 노래로 어르고 달래도 제게 자신을 열어주지 않았습니다.

이를테면 이런 것,
저는 80년대 중반 길호와 숙인이 만나 사랑에 빠져
결혼을 하고, 그해 복희가 태어났다는 사실에 대해,
한동안 아주 오래 생각했습니다. 길호나 숙인이,
결혼하지 않고 서울로 학교를 갔다면 좋지 않았을까,
둘이 사랑만 하고 나를 낳지 않는 삶을 살 수 있었다면
다방면에서 더 좋지 않았을까. 그들의 최선이 제가
아니었던 게 아닐까. 그런 생각을 자주 했습니다.
이런 생각은 체온이 너무 높은 손으로 눈을 받는 일,
내리면서부터 이미 녹아버리는 눈으로 눈사람을 만드는
일 같은 것이었습니다.

하루종일 우두커니 꼬마 눈사람
무엇을 생각하고 혼자 섰느냐
집으로 돌아갈까 꼬마 눈사람•

제 유년에도, 저를 기른 남자와 여자의 어린 날에도 큰 눈이 내리지 않았다는 것은 제 마음을 이상하게 자극합니다. 이 마음을 오랫동안 덮어두고 있었는데, 덮어두고 있었다는 사실조차 깜깜 잊고 있었는데, 이 책을 엮으면서 짚어볼 수 있었습니다. 우리들이 지내던 작은 섬들은 모두 바람이 거칠어 무척 추웠는데, 남쪽이라 그런지 눈을 구경하기가 좀처럼 어려웠습니다. 차로 한 바퀴 도는 데 한 시간도 걸리지 않는 섬들. 높은 산도 없고 큰 강도 없고 댐도 없는 대신 무거운 큰물만 사방을 두른 곳. 거기엔 눈이 내리더라도 진눈깨비 같은 것만 살살 허공을 훑으며 내렸고, 좀처럼 바닥에 높이를 두고 쌓이는 일이 없었습니다. 그래서 저는 눈사람을 직접 만들어보지 못했습니다. 한 번도요. 대신 그림책과 텔레비전으로 서양 어린애들이 눈사람 만드는 것을 실컷 보았습니다.

마치 가난한 아이에게 온, 서양 나라에서 온,
아름다운 크리스마스카드를 보듯이■ 그 장면들을
보았습니다.

눈 내리지 않는 추운 섬, 그 내용 없는 아름다움을 노래로
풀기 어려웠습니다.
눈사람을 만들지 못해서 집에도 돌아가지 못하는
것처럼, 무엇을 생각하는지도 모르고 우두커니 서 있게
되어, 그냥 춥다 춥다 그러면서 저것에 대해 깊이 써내지
못했습니다.

이런 식으로 마음과 능력이 부족해 쓰지 못한 노래가
많고, 지운 말이 많습니다. 하지만 그것들 노래 뒤의
노래가 되어 저를 따라다니겠지요. 써버린 노래만큼이나
쓰지 못한 노래도 제 노래입니다. 누락과 손실이 제
재산입니다. 평생을 써도 다 못 쓰고 죽을 만큼의
재산입니다. 제가 많은 돈이 되어서,▲ 무척 좋아하고
있습니다.

이 글을 쓰는 동안 만나지 못한 길호와 숙인, 저의 영원한

수수께끼에게 저도 사랑한다고 말을 전합니다. 원고를 기다려주신 봄날의책 대표 지홍에게 감사를 전합니다. 읽는 것으로 제 노래를 들을 수 있는 분들에게 안녕을 전합니다. 이 글을 쓰는 동안 제 작업공간이 되었던 혜화 로타리의 위트앤시니컬, 앞으로도 의자 하나를 부탁드립니다.

마지막으로 어린이에게, 그리고 어린이였던 모든 이에게,
이처럼 많은 노래를 만들어준 이들에게
언젠간 만들 꼬마 눈사람을 전합니다.

- 〈꼬마 눈사람〉 (작사 강소천 / 작곡 한용희)
- ■ 김종삼 「북 치는 소년」
- ▲ 김종삼 「미사에 참석한 이중섭 씨」

노래하는 복희

초판 1쇄 발행 2021년 9월 3일
지은이 김복희

발행인 박지홍
발행처 봄날의책
등록 제311-2012-000076호 (2012년 12월 26일)
서울 종로구 창덕궁4길 4-1 401호
전화 070-4090-2193 E-mail springdaysbook@gmail.com

기획·편집 박지홍, 주리빈
디자인 공미경
인쇄·제책 한영문화사

ISBN 979-11-86372-88-3 03810

KOMCA 승인필